J.C.S.

Jaqueline Claudette Spiderveins

Herstellung und Verlag:

BoD – Books on Demand, Norderstedt

ISBN 978-3-7357-5873-6

Alle Rechte liegen beim Autor

Eine

Purserette

ist KEIN Schokoriegel!

sondern

Chefstewardess

Oder

Gastronomisch versierte Sicherheits - Fachkraft mit Personalführungsfunktionen und Zusatzqualifikationen in medizinisch und technischen Bereichen sowie Fähigkeiten in der multilingualen Logistik von Abfertigungsverfahren

Außerdem:

Krankenschwester, Pädagogin, Kellnerin, Sicherheitsbeauftragte, Reinigungskraft, Detektivin, Führungskraft, Technikerin, Psychologin, Dolmetscherin, Geographin, Entertainerin, Kassenführerin, Kontrolleurin, Tierpflegerin, Hebamme, Krisenmanagerin und vieles mehr...

Vorwort

Alles Geschriebene basiert zum größten Teil auf einer brutal wahren Begebenheit. Auch wenn es manchmal schwer zu glauben ist. Natürlich habe ich ein klein wenig geflunkert und selbstverständlich auch die Namen der Protagonisten gefälscht, um meine lieben Kollegen zu schützen. Ähnlichkeiten sind also rein zufällig! Diese kleinen Anekdoten aus meinem Leben als Purserette geben Ihnen im besten Fall eine winzige Vorstellung davon, wie es ist, diesen Beruf zu leben. Im schlimmsten Fall werden Sie Ihren nächsten Urlaub auf dem Campingplatz verbringen und Flugzeuge nur noch aus dem Klappsessel beobachten. Aber dieses Risiko gehe ich ein. Die eine oder andere Geschichte mag vielleicht nur eine lustige Traumtänzerei sein, die mir aufgrund von vielen Schichtdiensten oder Sauerstoffmangel eingefallen ist. Entscheiden Sie selber. Hauptsache, Sie haben Spaß dabei.

Sollte vor einem Text ein **KK** erscheinen, dürfen Sie sich gerne zurücklehnen und beim Lesen Ihr Kopf Kino einschalten. Übrigens eine äußerst meditative Übung. Lassen Sie es einfach laufen, es ist hundertprozentig abhörsicher. Versprochen. So war ich J.C.S. heiße! Wir fliegen zum Mond, bauen Atombomben und können herausfinden, wer sich wann, wo aufhält. Aber unser Kopf Kino, das kennt kein Mensch der Welt! Aufgrund dessen, dürfen Sie sich vorstellen was sie wollen, wenn Sie meine kleinen Geschichten lesen.

Viel Vergnügen!

Purserette

Bei diesem Beruf denken viele Menschen an weiße Strände, Palmen und einen eisgekühlten Cuba-Libre, überreicht von einem bildhübschen, farbigen Menschen mit Zähnen so weiß, dass man sich vor Scham am liebsten schriftlich bedanken möchte. Eine warme Briese streichelt die von der Uniform geschundene Haut ein paar Tage lang abwechselnd mit den Aloe Vera bestäubten Hibiskus Blüten auf der seidenen Bettwäsche.

So was gibt es. Durchaus. Um aber dorthin zu kommen, muss gearbeitet werden.

Auch Stewardessen arbeiten, auch wenn der knapp siebenjährige Sebastian völlig entrüstet seiner Mutter im Flugzeug erzählt, er sei auf dem Weg zur Toilette tatsächlich an einer Stewardess vorbeigelaufen, die ein Glas Wasser trank. Nein, eigentlich brauchen wir kein Wasser. Nicht schon nach 8 Stunden Flugzeit.

Wir machen es wie die Kamele. Zu Hause sammeln wir unsere Energiereserven in riesige Speicher, die wir dann auf der Brust ins Flugzeug tragen. Im Laufe des Fluges verlieren diese leider an Spannung und Tragfestigkeit. Unsere Passagiere denken dann, wir hätten einen Hängebusen. Natürlich möchten wir nicht, dass der kleine Sebastian mit solchen Dingen konfrontiert wird. Daher trinken wir auch ab und an mal ein Glas Wasser.

Es ließ sich leider nicht vermeiden, dass die noch kleinere Johanna, 5 Jahre, dann auch noch zusehen musste, dass dieses Wasser mal raus wollte. Also musste klein Johanna gleich nachfragen: „Papa, warum gehen Stewardessen auch hier aufs Klo?"

Ich mischte mich ungefragt ein, obwohl meine extrem gute Erziehung mit einer solchen Verhaltensweise nicht zu vereinbaren war, verhinderte Papas Antwort und säuselte mit zusammengekniffenen Beinen: „Weil in MEINER Toilette gerade das Lilli Fee Toilettenpapier ausgeht und auf der Spongebob Seife das Gesicht leider nicht mehr sichtbar ist, mein Schatz." Ich nutzte den süßen verdutzten Gesichtsausdruck und huschte vor ihr durch die Falttür.

Ich betätigte den Abzug der Toilette schnell um mir rechtzeitig die Ohren zu zuhalten, denn das Geräusch gleicht einem Tyrannosaurus Rex mit starken Wehen, als ich anschließend Johanna zu ihrem Papa sagen hörte: „Entweder Lilli Fee Toilettenpapier, oder wieder Windeln. Du hast die Wahl!"

Als ich mir die Hände wusch und das Handtuchpapier auffüllte dachte ich an einen Aufenthalt in Bangkok.

Wir waren auf einer Tour ins Landesinnere und hatten Schwierigkeiten, eine Toilette zu finden. Endlich konnten wir schon von weitem riechen, fündig geworden zu sein. Türen gab es leider dort keine. Nur alte Duschvorhänge, die genau so lang waren, dass sie auch ja nichts verdecken konnten. Da man sich auf dem Stehklo für gewöhnlich weiter unten aufhält, äußerst praktisch. Papier gab es auch keines. Nur einen Wasserschlauch, mit viel Glück. Wenn Johanna das mal sehen würde …

Hätten wir solche Toiletten an Bord, wäre den Passagieren auf einem unserer Flüge nach Kuba der Spaß vergangen.

Vielleicht auch nicht. Wer weiß.

KK

Naja, zumindest dem Ehemann der Frau und der Ehefrau des Mannes. Also die Ehepartner der Beiden, die zusammen … sie wissen schon. Also gekannt haben sie sich nicht. Vorher. Bevor sie gemeinsam angetrunken in der Toilette verschwunden sind. Das weiß ich genau. Ich sollte nämlich auf Englisch fragen, wie die Frau heißt, die gerade ihre Strumpfhose wieder hochzog, nachdem ER vor IHR aus der winzigen Pinkelkabine stieg. Erst als ich die Frage beantworten konnte, machte er sich die Mühe seinen Hosenstall zu schließen. Das alles geschah im hinteren Teil der Flugzeugkabine.

In der vorderen Küche des Fliegers spielten sich andere Szenen ab. Durch einen Anruf von dort wurde ich informiert, dass eine Dame völlig verzweifelt ihren Mann suchte. Er konnte doch nicht weit sein, hätte sie gesagt. Das ganze Flugzeug habe sie schon abgesucht. Er sei wie vom Erdboden verschluckt.

Ich hatte das Bordtelefon noch am Ohr, um mir von meiner Kollegin alles genau erzählen zu lassen, da schubste mich ein Mann zur Seite und schlug der jungen Frau, die gerade ihre Frisur an Ort und Stelle zupfte, ins Gesicht. Hm, dachte ich. Nun muss ich wohl etwas tun.

Ich schickte den testosterongesteuerten Mann durch die Küche in den anderen Gang und rief ihm nach, schnell nach vorn zu laufen und endlich die Finger vom Reisverschluss seiner Hose zu lassen. Dann mussten männliche Kollegen den gehörnten Ehemann fest halten, damit die jetzt nicht mehr so hübsche, junge Frau sich sammeln konnte. Die beiden brüllten sich Schimpfwörter auf Englisch entgegen, die ich lieber nicht schreiben möchte. Viele davon kannte ich noch gar nicht und notierte sie schnell auf meine Handfläche um meinen Wortschatz zu erweitern. Bis zur Landung trennten die beiden ca. 30 Sitzreihen, nach der Landung mit Sicherheit ein Gericht.

Natürlich nahm alles ein gutes Ende, ich konnte ja der sorgenvollen Ehefrau in der vorderen Küche ihren Mann wiederbringen. Der ja nur mal kurz die hintere Toilette benutzt hatte.

Nein, nicht ganz ein gutes Ende. Die betreffende Toilette. Die musste aus hygienischen Gründen natürlich geschlossen werden. Leider hatte dies zur Folge, dass Baby Tim auf dem Arm seiner Mutter urinierte, als sie vor der Toilette warteten. Tim war eigentlich schon sauber sagte diese. Eigentlich.

Die Pfütze putzten wir natürlich weg. Gehört ja zum Service. Eine der Flugbegleiterinnen hatte vergessen ein Schild auf der Toilette anzubringen das besagt, dass sie blockiert ist. Daher warteten viele Passagiere vergeblich dass jemand herauskam. Auch nach diesem Malheur klebte dieser Hinweis noch nicht, da alle Kollegen ziemlich beschäftigt waren. Leider. Richtig eklig wurde es erst mit der roten Kotze, die später noch nach heftigen Turbulenzen dazu kam.

Die gute Dame von Reihe 40 hatte ziemlich viel Tomatensaft getrunken. Mit Wodka natürlich, damit hatten wir Bloodymarykotze auf dem Boden kleben, sehr kreativ.

Danach aber klebte das Schild mit der Aufschrift -Toilette defekt- an der Tür.

Nicht dass Sie denken, Passagiere machen uns Arbeit. Wir tun das alles gerne.

Wir sind Profis und wissen, dass nicht immer alles rund laufen kann.

KK

Es gibt schließlich auch wunderschöne Ereignisse. Wie zum Beispiel eine Geburt während des Fluges. So ein kleiner, unschuldiger Wurm, geboren zwischen Himmel und Erde, mit einem Stimmchen so zart klingend, bildschön und ohne Käseschmiere. Wer träumt nicht davon, so etwas Einzigartiges mitzuerleben? Tja, so die Wunschvorstellung. Irgendwo zwischen Frankfurt und Chicago, weit über dem Atlantik setzten die Wehen einer jungen Passagöse ein. Nein, nicht die Senkwehen. Die Presswehen! Wir legten die schmale, indisch aussehende Frau auf Decken gebettet in die hintere Bordküche auf den Fußboden. Der Gynäkologen Stuhl wurde leider in Frankfurt nicht beladen. Ebenso wenig die Saugglocke und das Knotenseil. Aber wir waren bestens ausgerüstet, um steril die Nabelschnur zu durchtrennen. Ein Arzt befand sich leider nicht unter den Passagieren. Aber sofern das Baby nicht in Beckenlage liegt, sollten wir kein Problem haben, dachte ich mir so. WIR hatten zumindest kein Problem. Die werdende Mutter auch nicht. Sie hatte Schmerzen, ja, aber ihr ging es nicht so schlecht wie ihrem Ehemann, der schweißgebadet der Ohnmacht nahe war. Zwei Kollegen mussten sich um ihn kümmern, ließen ihn in eine Tüte hyperventilieren und beobachteten seinen Puls. Eine Gruppe halbwüchsiger Footballfans beschwerte sich lauthals, dass ihre Tabletts nicht abgeräumt wurden und legten sie demonstrativ in den Gang. Andere Passagiere mit Anstand und Manieren wiesen sie zurecht und brachten uns sogar den Abfall in die Küche, sicher auch, um besser sehen zu können.

Die Geburt ging schnell, die Nachgeburt auch. Mutter und Kind waren wohlauf, die Nabelschnur fachmännisch durchtrennt und die kleine zarte Mutter hielt ihr Baby glücklich in den Armen. Selten gab es einen solchen emotionalen Moment. Alle Anspannung legte sich nieder, stolz und zufrieden blickte ich in die Gesichter meiner Kollegen die so professionelle Arbeit geleistet hatten. Ich drückte sie alle an mich und überlegte dann sorgfältig, wo ich die Nachgeburt verstauen sollte. Ich hatte sie in einer Tüte gelagert. Sie sah ziemlich vollständig aus. Also groß war sie. Gut durchblutet. Alle blutigen Kissen und Decken warf ich in einen großen Müllsack. Die kleine Tüte mit der Nachgeburt kam auch dort hinein. Wohin denn sonst. Ich knotete den Sack ordentlich zu, bevor ich ihn in die hintere Ecke stellte. Alles war gut. Bis der Ehemann zu uns in die Küchen gewackelt kam. Die Nachgeburt wollte er sehen. Nicht seine Frau, nicht sein Kind - die Nachgeburt. OK, dachte ich, was nun. Gibt es in solchen Fällen einen Plan B? Oder C? Seine Augen blitzten mich an. Mir gefror das Blut in den Adern. Oh, sorry, die habe ich in den Mülleimer geworfen ... wäre sicher keine gute Antwort gewesen ... Hm, ich schau gleich noch mal nach ob sie noch drin ist - sicher auch nicht das richtige .... Er wurde langsam wütend, erklärte mir, wie heilig sie sei und dass es ein großes, nicht gut zu machendes Verbrechen darstellt, sie unsorgfältig zu behandeln! Ich hatte Angst. Der arme Mann bekam einen furchtbaren Heulkrampf. Jetzt gaben ihm die Flugbegleiter keine Tüte, sondern Sauerstoff.

Natürlich packte ich ihm die Nachgeburt später noch als Geschenk ein bevor er das Flugzeug verließ. Mit einer gebundenen Schleife aus Papierhandtüchern und

Rosen aus der First Class. Er war sehr glücklich darüber.

Ja, Kinder haben wir Flugbegleiter sehr gerne. Genauso wie Tiere an Bord. Da fällt mir spontan ein ungleiches Paar ein. Die Zwei spielten so gerne Fangen im Flugzeug. Leider durfte immer nur einer fangen, das war der Hund. Die Katze traute sich nicht, weil er ja nicht weglief. Also blieb es dabei. Schön, dass es im Flugzeug so viel Stoff gibt, an dem man hochklettern kann. Wie z.B. Vorhänge und Sitze, Passagiere und Gepäckstücke. Die Katze war dabei viel geschickter als der Hund. Ihre Bewegungen waren wesentlich grazilar, sie war wendiger und vor allem, nicht so laut wie das Hündchen. Dieses kläffte was das Zeug hielt, gefolgt von seinem Herrchen, das auch nicht viel leiser daher kam. Es flog ein Toupet durch die Gänge, Tomatensaft klebte an der Decke und eine Brille ging zu Bruch. Ich dachte mir, bis zur Landung haben wir die wilden Kerle wieder eingetütet und so war es natürlich auch. Eigentlich war alles halb so schlimm. Nachdem der Herr auf 8D durch seine Katzenallergie so heftig niesen musste, dass Mietze fast einen Herzstecker bekam, flüchtete sie von selbst wieder in ihren schlecht verschlossenen Käfig um sich fürchtend einzurollen. Den Hund erwischte sein Herrchen als dieser den Essenswagen markierte. Also der Hund. Nicht das Herrchen.

Auf die Tiere muss schon geachtet werden. Ich, als besondere Hundeliebhaberin, mache das sehr leidenschaftlich. Jeder Gast mit 4 Pfoten wird persönlich begrüßt. Ich nehme die Transportbox unter die Lupe und unterhalte mich mit Herrchen und Frauchen, wie es dem Tier denn heute so geht. Daher werde ich auch zwei Vorfälle nicht vergessen, die nicht vorkommen dürfen, es aber trotzdem tun. Immer kontrolliere ich die Tiere, die mit an Bord genommen werden. Immer. Nur einmal nicht. Es war keine Zeit. Der Flug dauerte 9 Stunden. Ja, es war trotzdem keine Zeit. Unglaublich aber wahr. Wir hatten ein paar Hunde in Transportboxen dabei, die im Frachtraum transportiert werden. Eine ältere Dame besaß einen Yorkshire Terrier, der in der Kabine mitfliegen durfte. Ein kleiner Hund. Sehr, sehr klein. Was jedoch nicht heißt, dass durch die winzigen Löcher in seiner Nase kein Sauerstoff strömt. Wäre dem so, hätte es diese Tragödie nicht gegeben. „Der Hund darf auf gar keinen Fall aus der Tasche genommen werden", sagten die Mitarbeiter vom Bodenpersonal zu der älteren Dame beim Check-in. Pflichtbewusst wie unsere Passagiere nun mal sind, blieb Hündchen den ganzen Flug über in seiner Tasche. Nicht im

Staufach über dem Sitz, aber tief unter dem Vordersitz geschoben. Nach der Ankunft am Ziel Flughafen stieg die Dame aus mit den Worten: „Mein Hund ist tot. Trotzdem vielen Dank für den schönen Flug."

Egal, wie viele verrückte Dinge ich schon erlebt habe, da haute es mich echt aus der Stützstrumpfhose.

Wie erwähnt, gab es noch eine zweite Situation, die niemals passieren dürfte. Wir starteten aus München heraus mit dem Ziel Palma de Mallorca. Im Flugzeugbauch döste ein wunderschöner Golden Retriever um mit seinem Frauchen eine schöne Zeit auf der Insel zu verbringen. Nachdem unser Flugzeug in Palma bereits neue Passagiere geladen hatte, betankt und gereinigt war, machten wir uns auf den Rückflug. Auf dem Flughafen München angekommen, wiederholte sich das ganze Prozedere, da wir noch einmal nach Palma fliegen sollten. Da erneut ein Hund mit uns flog, stieg ich die Treppe hinab, um mir den Vierbeiner anzuschauen. Zunächst fand ich es äußerst interessant, dass dieser Hund exakt dem Hund glich, den wir am selben Tag bereits befördert hatten. Suspekt war mir aber die Hunde Box, die ebenfalls Ähnlichkeit aufwies. Sofort erkundigte ich mich bei meinem Lademeister, ob meine Befürchtungen einen Hauch von Wahrheit hatten. Und tatsächlich. In Mallorca war versäumt worden, den Hund auszuladen. Nun durfte er gratis ein zweites Mal mit uns reisen. Ich war schockiert.

In Zukunft werde ich mich wohl noch mehr um meine Gäste sorgen!

Manchmal sorgen sich die Passagiere aber auch um mich:

KK

So wie auf einem meiner Kurzstreckenflüge, bei dem ich von einer Box erschlagen blutüberströmt auf dem Küchenboden ums Überleben kämpfte. Nach einem lauten Knall floss dickflüssiges Blut langsam und grauenerregend über den Flugzeugteppich in die Kabine. So machte es den Anschein. Schnell schnallten sich einige Leute kurz nach der Landung ab und kamen in meine Küche um mich wieder zusammen zu puzzeln. Aber das war nicht nötig. Die schwere Getränkebox hatte mich verfehlt und stattdessen ein dickes Loch in die Wand geschlagen bevor der Tomatensaft die Phantasie der Gäste aufs Grausamste anregte.

Nein, natürlich ist Fliegen nicht immer so aufregend und ernst. Es gibt viele lustige Begebenheiten. Davon möchte ich natürlich auch erzählen. Beispielsweise als der Kapitän vergaß, dass Mikrofon für die Kabine auszuschalten und allen Passagieren einen extrem schweinischen Witz erzählte den nur der Copilot hören sollte. Oder als eine neue Kollegin – ups – aus Versehen eine echte Schwimmweste erhielt, kurz bevor die Demonstration der Notausrüstung gezeigt wurde.

Normalerweise haben die Demowesten keine Zylinder eingebaut, die das Aufblasen ermöglichen. Da wir die Westen jedoch frecher Weise ausgetauscht hatten, klebt ihr Lippenstift noch heute an der Weste. Als diese aufblies, erschrak sie ziemlich heftig, schrie auf und schmiss ihren uniformierten Traumkörper auf den Schoss von Passagier 6D, der gerade die benutzte Spucktüte seines Zöglings in der Hand hielt. In solchen Situationen denke ich mir, wie schön, dass ich als Chefin nur die Ansagen zu erledigen habe.

Blöd nur, wenn während einer bedeutenden Ansage meinerseits ein Lachkrampf das Flugzeug vom Starten abhält und es nichts in der Welt gibt um diesen zu lösen. Was das für Schmerzen sind! Unerträgliche Druckschmerzen im Unterbauch, Gesichtsmuskelkater, brennende Augen von einem tränenreichen Schminkcocktail aus Wimperntusche, Kajal und Lidschatten...Und dann diese Mickymaus Pieps Stimme mit der unmöglich eine Ansage stattfinden kann...

Aber auch das geht vorüber. Solange wir Purser den Überblick behalten. Das ist ganz besonders einfach, wenn wenige Passagiere an Bord sind. Oder nur einer. Ja, es gab einen Mittelstreckenflug mit nur einem einzigen Passagier in einer Flugzeugkabine mit 270 Sitzen. Völlig verloren schaute er sich um. Ich dankte ihm höflich für sein zahlreiches Erscheinen und bot ihm an, sich umzusetzen, falls sein Sitz seinen Ansprüchen nicht genüge. Er nahm das Angebot an. Jede Stunde setzte er sich auf diesem vier Stundenflug um. Leider war der Herr nicht nur unser **einziger** Passagier. Er war auch so ziemlich der Kleinste, den ich je gesehen hatte. Also, wenn ich ihn sehen konnte. Das war das Problem. Pax (Passagier) suchen, lautete meine Anweisung an die Flugbegleiter. Und das jede Stunde aufs Neue. Diese kam direkt nach der ersten Anweisung. Sie lautete, dem Passagier bitte nicht auf die Nerven fallen, indem ständig einer von uns ihm Essen oder Trinken anbot. Das war das nächste Problem. Flugbegleiter sind auch sehr gewissenhaft. Wie unsere Passagiere. Manchmal. Somit schauten sie zwar nach ihm, gingen aber schwer davon aus, dass bereits ein Kollege die Versorgung übernommen hatte. Am Ende des Fluges bedankte sich der kleine Mann für den tollen Flug. So was hätte er noch nicht erlebt. Jedoch hätte er es sehr begrüßt wenn vielleicht ein Flugbegleiter Zeit gefunden hätte, ihm ein Getränk zu reichen. Ich stand auf der Klappe des Elektroraumes und wünschte mir so sehr, jemand würde sie öffnen und ich könnte verschwinden...

...so wie dieses zweijährige hübsche Mädchen mit den blonden Engelslocken auf einem unserer Flüge in die USA. Minuten zuvor watschelte es noch mit seinem Pamperspopo durch unsere Küche wo es eine Tüte Fliegergummibärchen abstaubte und kurz darauf war es verschwunden. Spurlos. Die Mutti war völlig aufgelöst. Suchte das Flugzeug ab während wir sämtliche Toiletten kontrollierten, in die Essens- und Getränkewagen schauten, dann noch einige Ansagen an die Passagiere durchführten und schließlich unter den Sitzen sowie in den Staufächern nach ihr suchten. Sofort wurde der Service abgebrochen und ein Kindauffindkommando zusammengestellt. Langsam machte sich Panik breit, vor allem bei den Eltern, aber auch alle restlichen Passagiere waren ziemlich besorgt und aufgebracht. Zunächst gab es ein lautes Murmeln in der Kabine. Das wurde immer lauter bis tatsächlich mehrere Passagiere ihr gesamtes Gepäck in den Gang warfen, um dieses sowie die Staufächer zu durchsuchen. Die Atmosphäre in der Kabine wurde immer unentspannter (dieses Wort soll es angeblich nicht geben? Ist aber sehr modern!). Unser Kapitän war bereits auf der Suche nach dem nächsten Flughafen der ein so großes Flugzeug ohne Wald- und Flurschäden landen lassen würde. Ein ziemlich unangenehmer Zustand für mich als verantwortliche Person dieser eigenartigen Fälle, die eigentlich nicht vorkommen können, es aber dennoch tun. Hat es dieses Mädchen überhaupt gegeben? Vielleicht war es wirklich ein Engel? Macht denn der technische Fortschritt nicht einmal davor Halt? Sollten Engel in Zukunft die vornehme Art des Reisens vorziehen anstatt seine Flügel zu benutzen? Bekommen sie Rabatt in der ersten Klasse? All diese Fragen tummelten sich in meinem Hirn, das mit vernünftigen Antworten auf die Frage WO IST DIESES KIND schlichtweg überfordert war. Bis diese Schreie nicht mehr aufhören wollten….

Quälende, verzweifelte Schreie aus dem Hals eines Kleinkindes, die geradewegs in das Herz eines jeden Menschen drangen, der auch nur einen Funken Emotion besitzt. Sie kamen mitten aus der Kabine. Sitz E. Reihe 25. Aus keiner kleinen

Klappe, aus keiner engen Tasche, aus keinem Ort an dem ein kleines zweijähriges Mädchen mit blonden Engelslöckchen nicht sein sollte. Sondern einfach nur von Sitz 25E. Von blonden Locken war allerdings nichts zu sehen. Die wurden verdeckt von einer pechschwarzen Perücke der alten dement kranken Omi neben ihr. Auch das hübsche kleine Gesichtchen war bis zur Unkenntlichkeit mit Makeup und Lippenstift verschmiert. Freundlicherweise stellte Omi von 25G auch dieses zur Verfügung, zahlreich. Scheinbar ist es dem kleinen Mädchen zu bunt geworden und es wollte zu seiner Mami. Somit fing sie das Schreien an, was Omi nicht so recht deuten konnte. Vor Schreck schrie sie einfach mit. Der nächste Flughafen wäre New York gewesen. Schade, dachte ich, so kurz vor Weihnachten wäre etwas Shopping nicht schlecht. Hätte die Omi bloß noch ein paar Computerspiele dabei gehabt...

Spiele können sehr hilfreich sein um etwas Zeit tot zu schlagen. Wie z.B. auf einem Langstreckenflug wenn man alle Spielfilme bereits gesehen hat. Das gilt natürlich nur für Passagiere. Wir Flugbegleiter haben genug zu tun. Wir brauchen keine Spiele. Aber diese Tatsache lässt sich nun kaum in die Begrüßungsansage integrieren, damit es auch alle anderen wissen denn leider tun sie das nicht. Daher kommt es hin und wieder vor, dass sich der ein oder andere Passagier etwas Lustiges einfallen lässt, um sich und andere ein wenig zu beschäftigen. Wie z.B. Frau M. aus K. Wir waren gerade fertig mit unserem Frühstückservice, als Frau M. aus K. einfiel, nun wäre es Zeit für ein Spielchen. Ob aus einer puren Lust heraus, oder aufgrund einer schwerwiegenden, psychischen

Erkrankung sei noch dahingestellt. Frau M. aus K. schwitzte jedenfalls fürchterlich. Es gibt Möglichkeiten, einer so bizarren Situation konstruktiv gegenüber zu stehen. Man könnte eventuell die Luftdüsen öffnen. Auch könnte natürlich der Kapitän gebeten werden, die Klimaanlage ein wenig kälter zu stellen. Aber Frau M. aus K. hatte zunächst das Bedürfnis, alle anderen Passagiere darüber lauthals in Kenntnis zu setzen. Lauthals heiß – laut aus dem Hals brüllen, was das Zeug hält. Dafür musste sie natürlich aufstehen. Sehen sollte sie doch auch jeder. Da Frau M. aus K. einen Mittelsitz gebucht hatte – was ich in meiner gesamten Fliegerkarriere nur ein einziges Mal erleben durfte – war sie gut zu sehen. Das reichte ihr aber noch nicht. Sie stellte sich auf ihren Sitz und rief – laut aus dem Hals:

KK

„Scheisse, ist dat warm hier, Leute! Merkt ihr dat denn nit?"

Daraufhin zog sie gut sichtbar für die ganze Kabine ihren Pullover aus.

„Boa hey", brüllte sie mit einer unverkennbaren Raucherstimme,

„Booooaaaah, voll heiß hier drinne!"

Und zog auch noch ihr T-Shirt aus. Es folgte der BH, die Hose, die Schuhe flogen auf die Nachbarreihe und schließlich ihre Socken. Mit ihrer hautfarbenen Unterhose setzte sie sich wieder hin. Sofort waren meine professionell geschulten Flugbegleiter zur Stelle um Frau M. aus K. zur Rede zu stellen. Zack - flog ein Kaffeebecher in das Gesicht meiner kostbaren Kollegen und Zack – flog Frau M. aus K. auf den Kabinenboden, wurde ordentlich mit Verlängerungsgurten verschnürt und in Decken gehüllt. Nun musste sie schwitzen, dachte ich mir. Das Spiel – mach dich nackig – spielten wir dann doch nicht mit.

Bei Kindern ist das anders. Wenn denen keine Spiele einfallen, möchten sie sich unterhalten.

„Wieso heißt Du Purserette? Das ist doch dieser rosane Schokoladenriegel mit Erdbeerfüllung?" wurde ich morgens um halb sechs auf dem Weg nach Spanien von einem Drei-Käse-hoch gefragt.

„Möchtest Du mal probieren?", antwortete ich ohne nachzudenken, schob meinen Blusenärmel etwas nach oben und hielt ihr spaßhalber den Arm entgegen.

Ihre kleinen Beißerchen zieren nun in einem hübschen Halbmond meinen Unterarm für den Rest meiner Tage. Nein, eine Purserette ist KEIN SCHOKORIEGEL!

KK

Erwachsene sind diesbezüglich oft kreativer als man denkt. Wie z.B. ein Kegelklub aus dem Ruhrpott. Als es diesem Trüppchen langweilig wurde, holte es kurzerhand seine Kugel aus der Tasche und Stellte ein paar Kegel in die Küche. Natürlich in der hinteren Küche, damit sie nicht aus Versehen den Kapitän aus dem Hocker schießen und die Kugel nicht bergauf rollen musste. Zunächst dachte ich an einen Scherz. Wir Pureretten neigen dazu, in jedem Passagier etwas Gutes zu vermuten, sollte es auch zeitweise noch so schwer fallen. Als jedoch die schwere Kugel mit einem Rumps einige Kegel umwarf, außerdem einen Getränkewagen traf, dieser nach einem Salto seine offenen Getränke in die Kabine schleuderte, während der Werfer – oder heißt es Kegler – ein triumphierendes Tänzchen auf verschiedenen Armlehnen hinlegte, wusste ich , es war kein Scherz. Gerade noch rechtzeitig konnte ich die Meute daran hindern, noch weitere Kegel zu platzieren, indem ich gaaaanz schwere Turbulenzen ankündigte. Die Kegler waren nicht nur Partyteufel, sondern Gott-sei-Dank auch hochgradig Flugangstgeschädigte. Somit verlief der Rest des Fluges extrem ruhig.

Natürlich gönnen wir Flugbegleiter uns auch gegenseitig ein paar Spielchen. Spaß muss sein. Zumindest für die Purser….

So ein nagelneuer Kollege frisch aus der Schule bietet aber auch von Haus aus eine extrem große Angriffsfläche für gemeine Flugbegleiter-Anfänger-Spielchen. Ja es ist gemein. Das stimmt. Und – ja – es bleibt in Erinnerung, auch bei meiner viertel Jahrhundert Flugerfahrung. (Da ich Teilzeit arbeitete, ziehe ich die Hälfte ab, also 12,5 Dienstjahre …

dann passt es auch besser zu meinem geschwindelten Alter von 35!) Aber es ist lustig. In Ägypten ging uns beispielsweise das Benzin aus. Natürlich dem Flugzeug, wem den sonst. Gut, es heißt Kerosin. Ist doch egal. Weiß der Neue eh nicht. Sonst hätte er keine 50,-€ abgedrückt, damit unser Kapitän endlich die Rechnung zahlen kann. Später klärten wir ihn auf, dass uns der Treibstoff so um die 7.000,00€ kostet. Klar hat der Neue das Geld wiederbekommen. Nachdem wir unseren Spaß hatten.

Spaß hatten wir auch mit Maria, einer hübschen neuen Flugbegleiterin, Anfang zwanzig. Unser Cockpit schickte sie zur Konkurrenz um einen Slot zu kaufen. Der Chef drückte ihr zwanzig Euro in die Hand. Wir standen auf der Parkposition und neben uns ein Flugzeug einer anderen Fluggesellschaft, die natürlich mit diesen Scherzen vertraut war. Dort sollte sie ins Cockpit gehen um den Slot zu besorgen. Die fremdländischen Kollegen gaben ihr einen Umschlag aber lehnten das Geld ab. Als unser Kapitän den Umschlag öffnete, befand sich darin ein Schokoriegel, den er genüsslich vor den Augen der Kollegin vernaschte. Das der Slot eine vorgegebene Abflugzeit ist, lernte die Kollegin in diesem Zusammenhang auch noch kostenlos dazu.

KK

Hm, da hab ich wohl im Lehrgang geschlafen, dachte sich eine frisch gebackene Flugbegleiterin kurz vor einem Mittelstreckenflug. Sie sollte im Auftrag des Kapitäns einen Outside-Check durchführen. Da es ihr peinlich war, vielleicht in der Ausbildung nicht so ganz aufgepasst zu haben, machte sie eifrig mit. Klar, ist der Outside-Check nur Aufgabe des Cockpits, dass wusste sie aber noch nicht. Ausgestattet wie eine

Mickey-Maus mit Kopfhörern, gelben Regenmantel, Handkelle und Taschenlampe schickte man sie mit dem Copiloten nach draußen.

„Schau' mal ins Triebwerk", fragte dieser beiläufig.

„Alles klar?"

Nachdem das Mäuschen auf Pfennigabsätzen gebeten hatte, die Frage zu wiederholen, da diese monströsen Kopfhörer ihr das Hören erschwerten, leuchtete sie mit der Taschenlampe dort hinein und zeigte dem Copiloten den Daumen nach oben. Das wusste sie genau, das heißt - alles ok.

Nun sollte sie die Schrauben kontrollieren, ob keine davon herausragte. Angesichts der tausenden von Schrauben am Rumpf eines Langstreckenflugzeugs eine nicht durchführbare Aufgabe. Skeptisch wurde sie jedoch erst, als sie das Profil der Reifen in Augenschein nehmen sollte.

„Ihr wollt mich doch verarschen!!", brüllte sie laut, weil sie aufgrund der Kopfhörer ihre eigene Stimme nicht hörte. Flott und spontan wie wir Flugbegleiter jedoch sind, zog sie ihr Handy aus der Tasche und bat den gemeinen Kollegen, ein Foto mit Fahrwerkskulisse von ihr zu machen….

Och, wenn ich genauer nachdenke fallen mir so einige lustige Flüge ein. Auch wenn mein Standard Spruch „wir sind nicht zum Spaß hier…" nicht immer sooo gut ankommt bei einem Erste Klasse Passagier, der kein Dessert mehr zu schaffen vorgibt. Ja – vorgibt. Mit Sicherheit geschieht dies vorsätzlich. Zuerst mampfen sie allesamt die gesunden Vorspeisen und den Hauptgang, damit auch ja kein Flugbegleiter etwas abbekommt und dann, wenn das Hüftgold kommt - das dann später ungegessen in unseren Küchen steht wie eine grinsende Cindy aus Marzahn, mit einem riesengroßen Schild auf dem steht „guck ma, mir hatts och nich jeschadet" und wir Profis an nichts mehr denken können vor lauter Hunger - jaaa, dann möchte der werte Passagier doch nichts mehr essen!

WIR sind nicht zum Spaß hier. Aber unsere Passagiere! Deshalb haben wir schon die Ansagen gesungen und die Schwimmwestenvorführung getanzt. Wir haben Rätsel raten lassen und dem Gewinner anschließend einen Blick ins Cockpit gewährt! Ja, so was Tolles machen wir. Gut, in einem Fall brauchten wir dringend einen leeren Sitz für die Oma mit Thrombose Problemen, damit sie ihre Beine auf den freien Sitz legen konnte. Gut, zufällig saß sie neben dem glücklichen Gewinner. So viele vorteilhafte Zufälle geschehen selten! Auch dass dieser junge Gewinner seinen knackigen Hintern in einer ganz modernen Jeans trug, mit Löchern, durch die seine Bräune durchschien... und er duftete wie Karl Lagerfelds neueste Eroberung ... Kapitän und Copilot waren weiblich, habe ich das erwähnt?

Man könnte uns an dieser Stelle Berechenbarkeit vorwerfen. Das aber wäre boshaft.

Gedanken über körperliche Annehmlichkeiten mit emotionaler Beeinflussung ... manch böse Zunge nennt es sexuelle Gedanken ... sind uns natürlich völlig untersagt. Sie bleiben – wenn überhaupt vorhanden – durch das Schließen der Wohnungstüre zu Hause und werden – wenn überhaupt – durch Öffnen derselben wieder freigelassen. So lange wir uns im Arbeitsmodus befinden, gilt es, dieses Monster zu bändigen. Erst recht, wenn wir uns in der Lust – äh - Luft befinden. Die Passagiere wissen von dieser Prozedur nichts. Ich wusste nicht, dass sie davon nichts wissen. Erst nachdem mir klar geworden war, dass meine Uniform keine Gesäßtaschen besitzt und es nicht sein kann, dass mir so viele das Portemonnaie klauen möchten, fing ich an, nachzudenken. Vorher hatte ich alle Telefonnummern fein säuberlich gesammelt, die mir freundlich lächelnde Herren zur Verfügung stellten, falls sie etwas auf dem Flieger vergessen haben sollten und ich es ihnen vorbeibringen würde. Auch als ich meinen ersten Rettungsfall hatte, war ich unglaublich stolz (und naiv). Dabei ist ein sehr attraktiver Passagier einfach so vor mir auf die Füße gefallen und ich habe ihn wieder zurück ins Leben begleitet. Ok. Später war es mir peinlich zu erzählen, dass er mir mit eigenen Worten die Mund-zu-Mund Beatmung vorschlug, obwohl er doch

Bewusstlos und ohne Atmung sein sollte. Aber das war vor langer, langer Zeit. Ganz am Anfang. Ich glaube, noch davor. Dass er etwas anderes wollte, kam mir nie in den Sinn.

Ich hoffe, dass moderne Passagiere jetzt wissen, dass wir niemals an Sex denken.

KK

SIE aber tun es. Wie ein junges Pärchen auf einem Flug nach Südafrika. Sie saßen in einer Zweierreihe. Ich habe einfach eine ganz große Decke aus der ersten Klasse geholt und sie über ihre verknoteten, halbnackten Körper geworfen. Dann habe ich ein Video in der Kabine eingeschaltet und den Ton über Lautsprecher laufen lassen, nicht über die Kopfhörer. Es dauerte nicht so lang bis sie fertig waren. So sehr laut waren sie dann auch wieder nicht. Und alle waren glücklich. Sie sind schließlich zum Spaß hier! Wenn man auch unterschiedliche Vorstellungen davon haben kann. Viele Menschen essen gerne, der andere schläft lange, ein Dritter mag vielleicht Tennis spielen und manch einer – wie auf einem anderen Flug in ein karibisches Land mit großem Chillfaktor, möchte gerne kiffen und mit uns tanzen. Klar ist es nicht erlaubt. Bei mir schon gar nicht. Ich bin eine sehr strenge Purserette. Aber ich kann unmöglich jeden Passagier bei seinen Toilettengängen begleiten um sicher zu gehen, dass er keine Drogen nimmt. Auch möchte ich das nicht delegieren. Wenn die Sicherheitskontrolle am Flughafen versagt hat, müssen wir damit klar kommen. Aber dieser besagte Mensch war schließlich nicht böse. Keineswegs. Er wollte doch nur tanzen. Und vielleicht ein bisschen singen. Er hatte eine schöne Stimme. Nicht ganz unser Musikgeschmack, aber – WIR sind schließlich

NICHT zum Spaß im Flugzeug! Deshalb musste ich sein Angebot auch ablehnen, einen Joint mit ihm zu rauchen. Meine Kollegin und ich haben ein wenig in der Küche geschunkelt und ihn dann ganz freundlich zu seinem Sitz begleitet. Hinter den zwei starken, männlichen Passagieren die uns freundlicherweise zu Hilfe kamen um ihn dorthin zu bewegen. Ganz freundlich haben wir ihn dann feste angeschnallt und einen netten Bodybuilder neben ihn gesetzt, um auf ihn aufzupassen. Mr. Stoned sang noch ein wenig, schunkeln ging nicht mehr, dann schlief er friedlich ein. Meine Firma bedankte sich im Nachhinein schriftlich und mit einem Präsent für die tatkräftige Unterstützung unseren bewegten Alltag etwas zu entspannen. Beim Bodybuilder natürlich.

Stewardess ist ein absoluter Traumberuf. Ste – wie stehen, war- wie warten,

(d) ess – wie essen. Stehen, warten essen, damit verbringen wir eine Menge Zeit. Das Warten beginnt bereits vor dem Flug. Warten auf Unterlagen, warten auf den Crewbus, warten bei der Sicherheitskontrolle, warten auf die Essenbeladung, warten auf das Reinigungspersonal, warten bis das Cockpit endlich die Getränke entgegen nimmt, warten auf das Stationspersonal, warten auf den Betreuungsdienst und schließlich warten auf die Passagiere. Natürlich müssen wir viele Aufgaben erfüllen, bis wir mit dem Einsteigevorgang beginnen können. Manche Purser (etten) fühlen sich dabei wie ein Hotdog im Piranhabecken. Seltsam, dass bei Flugbeginn die Uniform nicht in Fetzen an uns herunterhängt wie bei den Figuren aus Michael Jacksons „Thriller".

Catering möchte eine Unterschrift, das Putzpersonal eine tolle schriftliche Beurteilung für die Reinigung der Kabine. Dann bittet mich der Techniker eine Sitzlehne zu halten und dabei gleichzeitig mit dem Fuß gegen die Fußstütze zu treten. Schließlich müsse er untenrum etwas festschrauben (AM SITZ!) und man habe ja keine Zeit. Wir Purser (etten) haben dabei den Kugelschreiber in der freien linken Hand und das Telefon am rechten Ohr, um den Test für die Notausgangsbeleuchtung im Cockpit abzumelden. Klar, die Flugbegleiter müssen natürlich just in diesem Moment auch alle gleichzeitig ihre Checklisten abmelden. Aber das linke Ohr ist ja in diesem Fall noch frei. Außerdem dürfen wir ja bald wieder warten. Und essen.

KK

Ja. Stewardessen essen auch. Dass wir doch keine Kamele mit Wasserspeicher sind, haben Sie sicher zu Anfang schlussfolgern können. Ab und zu nutzen wir die Wartezeit bis zum nächsten Servicegang aus, um etwas Essbares zu uns zu nehmen. Es sähe doch doof aus, wenn Stewardessen dünn wie Bohnenstangen Getränke ausschenken. Wir würden in diesem Fall die Passagiere um Hilfe bitten müssen, wegen akutem Kräftemangel den Plastikbecher beim Einschenken zu halten, oder uns zu zweit einen Klappsitz teilen damit er unten bleibt. Bei einer Evakuierung würden jedoch mehr Menschen ins Boot passen oder man könnte uns als Segelmast nutzen. Die Cockpittüre bräuchte nicht mehr geöffnet werden, da würden wir uns einfach unten durchschieben. Aber die Uniform sähe ziemlich blöd aus! Wahrscheinlich hätte die Strumpfhose die runzelige Form eines Elefantenrüssels und der Rock darüber wäre so weit wie ein Tipi. Ich denke wir sollten weiterhin essen und den Gästen diese Blicke ersparen. Das heißt, wenn sie uns essen lassen. Wenn eine Stewardess Nahrungsmittel zwischen den Zähnen hält und vorhat, diese zu zerkleinern um sie dem Verdauungstrakt zur weiteren Verarbeitung zur Verfügung zu stellen, müsste sie EIGENTLICH den Mund dabei geschlossen halten. Das heißt, Lippen aufeinander und kauen. Sprechen ist schlecht. Geht. Aber ist schlecht. Höflich wie wir jedoch sind, können wir unmöglich ein „guten Appetit" ignorieren ohne „Dankeschön" zu sagen.

Naja, SAGEN ist jetzt mal nett ausgedrückt. Es gleicht eher einem SPUCKEN. Denn wenn mit vollem Mund ein SCH gesprochen wird, könnte es durchaus vorkommen, auch bei Stewardessen, dass der Reis mit der leckeren Teriyaki Sauce und den grünen Erbsen den Weg durch die makellosen Zahnzwischenräume findet und schließlich in der Kabine landet anstatt in unseren Bäuchen. Sollte er aber nicht, sonst – siehe oben – sehen wir bald aus wie Bohnenstangen. Das wollen wir natürlich nicht und essen daher trotzdem weiter. Hier und da ein Schokoriegel, ein Brötchen, ein Stückchen Käse und noch die Stulle von zu Hause. Sind wir im Hotel angekommen gilt die volle Konzentration der Frage: was essen wir heute?

Deshalb Ste-war-d-ess.

Ja, fliegen ist ein Traumberuf. Wir bereisen wunderschöne Länder mit ihren unterschiedlichen Kulturen, aalen uns an schneeweißen Sandstränden, einfach phänomenal. Wir besuchen Großstädte mit den atemberaubendsten Sehenswürdigkeiten, gehen auf Shopping Touren oder auf Safari. Sitzen in Cocktailbars oder auf dem Zimmer vor der Glotze und langweilen uns. Das glaubt uns keiner. Aber wir vermissen unsere Familien, unsere Freunde. Sind ewig unterwegs mit wechselnden Crews und tausenden von Passagieren die wir nie wieder sehen werden. Auch das gehört zu unserem Alltag. Klar gibt es mittlerweile Internetverbindungen an fast allen Destinationen. Aber auch gibt es die Zeitverschiebung. Unsere Freunde finden es ganz klasse, nachts um zwei eine Whatsapp Nachricht zu erhalten mit der Information, dass wir auf dem Weg zum Mittagessen sind, die Sonne brennt und dann fragen, wie es denn so geht. Nachdem wir zu Hause keine Zeit hatten uns auszutauschen, da ja an dem einzig freien Tag an der Heimatbasis auch mal die Wäsche gewaschen werden muss, wäre doch jetzt Zeit. Zumindest bei uns.

Dann sitzen wir da und warten, ob der zweite, grüne Haken erscheint, das Zeichen für uns die Freundin zu Hause erfolgreich geweckt zu haben. Böse Zungen behaupten ja, der amerikanische Geheimdienst hätte diese grünen Haken eingeführt, aber das glaube ich nicht. Erscheint er nicht, sind wir enttäuscht. Dann versuchen wir es bei jemand anderem. Hauptsache einen Kontakt herstellen zu vertrauten Personen auf der anderen Seite der Weltkugel.

Sollte sich eine Freundin mitten in der Nacht erbarmen, uns „zuzuhören" legen wir los. Knipsen Fotos und schicken sie sofort nach Hause oder erzählen von der letzten Mahlzeit an der asiatischen Straßenküche. Davon, dass die gebratenen Ameisen frisch aus der WOK nach Erdnüssen geschmeckt haben und eigentlich ganz lecker waren. Oder das ein Stehklo eine tolle Erfindung sei, da wir

Mädels uns sowieso nicht auf die Brille setzen würden. In einem Fall musste ich lange überlegen, ob mir diese Freundin zu Hause beziehungstechnisch nahe genug stand, um ihr auch zu erzählen, dass ich bei einem Aufenthalt leider den Anfang der Klo Rolle in meiner Strumpfhose stecken hatte ohne es zu bemerken. Die Klo Rolle selber wollte aber nicht mit nach draußen. Ich hatte sie schließlich nicht gefragt. Somit latschte ich im schicken Kleidchen und hohen Schuhen durch die Innenstadt einer reich bevölkerten City und zog weißes Klopapier hinter mir her. Klar waren einige Kollegen aus der Crew mit dabei. Klar, hätten die mir auch Bescheid sagen können. Taten sie aber nicht. Sie grinsten nur fett vor sich her und weichten ab und an aus wenn das Papier an ihren Beinen strich. Danke. Voll der Traumberuf.

Nach dieser Erfahrung fiel mir ein Witz ein, den mir ein lustiger Passagier mit Waschbärbauch erzählte:

KK

Zwei junge Frauen waren nach einer Party betrunken auf dem Heimweg. Beide mussten dringend Pipi. Leider befanden sie sich neben einem Friedhof und sie trafen die Entscheidung, sich hinter einen Grabstein zu setzen. Die erste junge Frau benutze ihr Höschen zum Abwischen und warf es weg. Die Zweite griff nach einer Kranzschleife, die zufällig auf dem Grab lag. Am nächsten Morgen unterhielten sich die beiden Lebensgefährten über ihre verkaterten Freundinnen. „Du glaubst es nicht", sagte der Erste, „einmal lässt man sie alleine auf eine Party gehen und schon kommt sie ohne Höschen wieder nach Hause!"

„Das ist doch gar nichts", sagte der Zweite „meine Freundin hat eine Schleife aus ihrem Schlüpfer hängen auf der steht: Wir werden Dich nie vergessen – Deine Feuerwehr!" …

Ja, ich weiß. Er ist nicht ganz jugendfrei. Aber das habe ich auch nicht gesagt.

Toilettenwitze gibt es viele. Wir Stewardessen jedoch dürfen den ein oder anderen hautnah miterleben und sind manchmal sogar sprachlos. Nicht so der kleine Knirps, der mich ausnahmsweise nicht mit einem Schokoriegel verglich weil ich doch Purserette bin. Der wollte nur auf die Toilette. Die Türen fürs stille Örtchen im Flugzeug mögen den einen oder anderen Passagier an seine Grenzen bringen, lassen sich mal nach innen und mal nach außen öffnen. Also wollte ich dem Knirps im Vorbeigehen einen kleinen Tipp geben. Er fummelte ein wenig hilflos an der Türe herum als ich ihm kurz zurief: „Drücken!"

Er drehte sich um, sah mich völlig verwirrt an und antwortete: „Was – jetzt schon? Ich bin doch noch gar nicht drin?!"

Ich überlegte, ob er es vielleicht in einem anderen Zusammenhang gemeint hatte, als es mein von Nachtschichten geplagtes Köpfchen dachte, kam aber zu keinem anderen Schluss. Schnell drückte ich ihm die Türe auf, bevor ein Missgeschick geschehen konnte.

Ja, auch wenn wir Stewardessen viele Geschichten rund um unsere Toiletten kennen, die Spannung für was Neues bleibt.

Ich liebe die Sprüche unserer Kollegen, wenn sie spontan und witzig in einer erträglichen Dosis unseren Passagieren verabreicht werden. Es mag sich herumgesprochen haben, dass männliche Flugbegleiter ... sehr rar in der Kabine zu finden sind. Im Cockpit sieht es anders aus, deshalb habe ich schon immer die Position ganz weit vorne angestrebt. Ich denke, wenn ein Mann zu viele Frauen um sich herum hat, findet ein Umdenken statt. Dann sind die Männer interessant, wenn es sie gibt. Tatsächlich sind manche Flugbegleiter schwul. Und besonders beliebt bei uns weiblichen Flugbegleitern. Wir können sie mal in den Arm nehmen und über wichtige und interessante Themen sprechen, was sonst nur Frauen beherrschen. Ohne die Befürchtung zu haben, nach Beendigung des Flugumlaufs einen Heiratsantrag zu bekommen. Schwule Kollegen sind meist unsere besten Freundinnen. So wie Michael, dessen Name ich hier natürlich gefälscht habe. Seine beste Antwort auf eine Beschwerde eines Passagiers werde ich nie, nie vergessen.

„Den Sekt können Sie sich in den Arsch stecken, der ist ja pisswarm!" so der Passagier.

Darauf mein allerliebster Michael mit einem eleganten Lächeln und einer kreisenden Bewegung seines Zeigefingers: „Glauben Sie mir, mein Herr, davon wird er auch nicht kälter..."

Ja, wir haben viel zu lachen. In unserem Traumberuf. Kennen Sie diese Scherzartikelbrillen? Mit ganz dicken Gläsern wie von einem Flaschenboden? Natürlich ist es streng verboten, eine solche Brille mit unserer konservativen Uniform zu tragen. Wir müssen doch seriös wirken.

Wir tun es aber trotzdem. Es ist sehr lustig, wenn wir die Passagiere beim Einsteigen um Hilfe bitten müssen, da wir die Zahlen auf den Bordkarten nicht lesen können, die sie uns entgegenstrecken. Auch wenn wir leider nicht sehen können, ob im Stau Fach genügend Platz für das Handgepäck vorhanden ist.

„Dürfen Sie denn überhaupt fliegen, wenn Sie so schlecht sehen können?"

Endlich sprach ein Passagier aus dem Herzen der anderen.

„Was haben Sie gesagt?" War die lautstarke Gegenfrage des halbblinden Stewards der nun auch noch die Hand trichterförmig an sein Ohr hielt. Ich habe diesen Kollegen schon lange nicht mehr gesehen, fällt mir gerade ein.

Aber natürlich klärten wir das Missverständnis auf.

Nein, unsere Scherze gehen natürlich nicht immer auf Kosten des Passagiers. Manchmal muss auch unser Cockpit einige Späße ertragen um uns bei Laune zu halten. Es gab mal einen Dr. Heinrich. Der flog als Kapitän mit uns nach Thailand. Dr. Heinrich war eigentlich Frauenarzt, hatte sich jedoch während seiner beruflichen Tätigkeit als „Untenrum Spezialist" entschieden, lieber „obenrum" unterwegs zu sein. Wie es dazu kam erklärte er uns folgendermaßen:

„Der Bezug zum weiblichen Geschlecht als Frauenarzt ist in keiner Weise vergleichbar mit anderen zwischenmenschlichen Beziehungen im gesamten Universum. Diese antiemotionale Distanz zweier Individuen während einer gynäkologischen Anamnese ist bezeichnend für den professionellen Umgang mit der hochsensiblen Gefühlswelt der Frau sowie, psychologisch betrachtet, mit Sicherheit nicht erlernbar. Jedoch weckt genau diese Tatsache in einem Gynäkologen mit der Zeit das Bedürfnis, sich aus diesem komplizierten, emphatischen Weiber-Hormonen-Mus zu befreien und fliegen zu können. Seit dem ich die Tragflächen neben meinem Kopf sehe und keine Frauenbeine mehr, hat auch das ewige Gequatsche endlich aufgehört. Dieses Rumgenörgel und Gejammer, diese ständigen Bettgeschichten mit darauf folgenden, ungewollten Schwangerschaften, das hält kein Mann aus. Beziehungsdramen, Sexunfälle, ansteckende Krankheiten ... Da kann MANN auch in die Luft gehen! Als Kapitän habe ich wenigstens eine schöne Aussicht, während sich all diese Gespräche hinter der verschlossenen Cockpittüre innerhalb der Kabinencrew abspielen!"

Hm. Soso. Herr Dr. Heinrich - mein Chef auf diesem Flug- hatte also eine solch unmoralische Meinung über uns Flugbegleiter. Interessant. Nun wurde es aber Zeit ihm einen Streich zu spielen.

In Thailand hatten wir einige Tage frei. Zeit genug um uns so richtig etwas einfallen zu lassen. So eine schlechte Einstellung uns braven Flugbegleiter (-innen) gegenüber konnten wir nicht einfach auf uns sitzen lassen. So brav waren wir nun auch wieder nicht. Ein männlicher Kollege unserer Kabinencrew hieß Alex. Also männlich von außen. Das heißt, alles Sichtbare an Alex war männlich. In Wahrheit wäre Alex lieber als Frau auf die Welt gekommen. Alex ist einer der nettesten Kollegen, die mir je über den Weg gelaufen sind. Alex sieht nicht nur phantastisch aus. Er besitzt außerdem eine ausgeprägte Intelligenz geparkt in einem warmen, freundlichen Wesen mit überaus charmanten Zügen. Ein toller Mensch. Außerdem hatte er den Humor eines Stand-up-Comedians erster Klasse! Und genau diesen Humor wollte ich gegen Dr. Heinrich verwenden!

Unser Hotel während des Thailands Aufenthaltes war ziemlich weitläufig. Selten lief sich die Crew über den Weg. Wir verabredeten uns zum Abendessen und eine Handvoll Kollegen sah sich beim Frühstück. Alex war jedoch nicht zu sehen. Die ganzen Tage nicht, die wir dort verbrachten. Unser Dr. Heinrich machte sich keine Sorgen über ihn. Es gab genügend Freizeitmöglichkeiten bei denen sich ein Kollege eine ganze Weile amüsieren kann ohne gesehen zu werden. Auch ich machte mir keine Sorgen. Ich wusste schließlich warum er sich mit Absicht nicht sehen ließ.

Alex konnte man ansehen, dass keinerlei männliche Aspekte zu seinen innigsten Sehnsüchten und Wünschen passten. Er bewegte sich wie eine Dame, hatte Beine so schlank und gepflegt, dass es einer Frau die Schamesröte ins Gesicht trieb. Kein einziges Haar durfte durch seine zarte Haut ins Freie gelangen, außer auf seinem Kopf. Seine Hände waren geschmeidig und seine schlanken Finger perfekt manikürt.

Privat trug Alex gerne Frauenkleider. Erst dann fühlte er sich echt. Von der Welt verstanden. Von sich selbst geschätzt und geachtet. Einfach zufrieden. Wie es jedem Menschen zusteht sich zu fühlen.

Zur Uniform trug MANN natürlich Krawatte. So musste auch Alex eine Herrenuniform tragen, wie es die Vorschrift gerne möchte. Mit meinem Vorhaben als – mal nicht so braver Purserette, konnte ich Alex auch mal einen großen Wunsch erfüllen und gleichzeitig unserem Kapitän Dr. Heinrich einen ordentlichen Streich spielen. Mit seiner Meinung uns Kabinenmitarbeiterinnen gegenüber und mit dieser hochgestochenen Art und Weise zu sprechen hatten wir genügend Gründe gegenüber dem Staatsanwalt falls wir uns mal verteidigen müssten.

Ich wusste ja im Vorfeld, dass Alex mit uns fliegen würde. Und auch Dr. Heinrich stand bereits lange vor dem Abflug auf meiner Crewliste. Also konnte ich mich zu Hause schon ein wenig vorbereiten. Viel brauchte ich dazu nicht. Aber eine komplette Damenuniform musste ganz dringend noch in den Koffer.

Natürlich hatten Alex und ich die gesamte Crew über unseren Scherz eingeweiht. Naja, bis auf Dr. Heinrich natürlich. Er war schließlich unser Opfer.

Opfer und Täter standen sich erstmals beim Pick-up gegenüber. Entschuldigung an dieser Stelle für alle Nichtflieger: Pick-up bedeutet die Abfahrtzeit im Hotel, um unseren Rückflug anzutreten.

Zu dieser Zeit sind wir alle natürlich wieder tres chic verkleidet. Mit Dutt und Hütchen, hohen Schühchen und Strumpfhöschen. Rotem Lippenstift, passenden Nagellack, Handtäschchen nebst Flightkit sowie einem Tüchlein mit Firmenlogo. Nein, nicht alle sehen so aus. So nur die Damen der Crew. Die Herren tragen Hose und Jackett. Fertig.

Dieser Pick-up war jedoch ein ganz besonderer. Denn nicht alle Herren sahen so aus. Alex glänzte dieses Mal in der Damenversion. Inklusive Nagellack und Lippenstift.

Dr. Heinrich staunte nicht schlecht. Seinen späteren Berichten zufolge fand er die Reaktion der anderen Crewmitglieder besonders merkwürdig. Besser gesagt wunderte er sich darüber, dass KEINE Reaktion von der Crew zu erkennen war.

Vertraute des Fliegerlebens kennen die Fluktuation der Kollegen bei Flugeinsätzen. Der ständige Wechsel von Crewmitgliedern führt natürlich auch dazu, sich nicht allzu intensiv mit Gesichtern und Namen zu beschäftigen. Auf dem nächsten Flug gibt es schließlich schon wieder neue Mitarbeiter. In unserem Fall führte diese Tatsache dazu, dass Dr. Heinrich, oder Kapitän Dr. Heinrich, erst einmal eine Sinnestäuschung in Erwägung zog, als er Alex in einer Damenuniform betrachtete. Ich beobachtete ihn ganz genau und hätte das ganze Hotel vor Lachen zusammenschreien können.

KK

Er musterte Alex von oben nach unten. Zunächst formten sich die kleinen Grübelfältchen zwischen seinen Augenbrauen zu einem strengen V, gefolgt von fetten Krähenfüßen beim Zusammenkeifen seiner Augen. Dann drehte er sich schnell um und überlegte wie bekloppt, ob er noch alle Sinne bei sich hatte. Dabei fiel seine Geldbörse hinunter und viele, viele Geldmünzen kullerten über den Boden vor der Rezeption. Sofort sprang Alex auf seine/ihre Pumps und bückte sich elegant seitlich. Sein Röckchen rutschte ein wenig nach oben. Die makellosen Knie waren nur wenige Zentimeter von Heinrichs nervösen Blicken entfernt. Er sah seinem Kapitän tief in die Augen während seine aufgeklebten, rot lackierten Fingernägel jede Münze einzeln in seine Geldbörse gleiten ließen. Diese theaterreife Inszenierung war wirklich nicht zu toppen. Alex spielte sein ganzes Können auf eine Karte. Sein Charme brachte unseren Dr. Heinrich völlig durcheinander. Eine Kollegin konnte sich nicht mehr halten vor Lachen. Sie verschluckte sich an ihrem Mineralwasser, pustete einen Teil davon über den Tresen, wischte sich mit der

Hand durch das Gesicht und verschmierte ihr schwarzes Augen-Make-up. Anschließend sah sich aus wie ein lachender Zombie.

Wir packten unsere Koffer in den Crewbus. Kapitän Dr. Heinrich grübelte immer noch. Er sagte jedoch nichts.

Die lange Fahrt zum Flughafen gab ihm Zeit darüber nachzudenken, ob es Alex je gegeben hatte, oder er auf dem Hinflug schon eine Frau war?

Keiner half ihm auf die Sprünge. Jeder kicherte in sich hinein und überlies Kapitän Herrn Dr. Heinrich seinem Schicksal.

Ich als Kabinenchefin wartete selbstverständlich auf ein Gespräch unter vier Augen mit meinem Chef, um die „Sache" zu klären.

Dr. Heinrich jedoch schwieg.

War ihm dieses Thema zu heikel? Ich erinnerte mich noch genau an seine Worte - „Der Bezug zum weiblichen Geschlecht als Frauenarzt ist in keiner Weise vergleichbar mit anderen zwischenmenschlichen Beziehungen im gesamten Universum!"

Vielleicht war er jedoch tatsächlich Profi genug um dieses Thema mit gutem Grund nicht anzusprechen.

Nach dem Briefing begannen wir unsere Arbeit an Bord. Die Küchen mussten für den Passagierservice vorbereitet werden, die Reinigung und das Catering überwacht und natürlich unser Herzstück – das Cockpit – mit Getränken versorgt werden. Der Copilot war gerade außerhalb des Flugzeugs unterwegs um etwas zu erledigen, da rief mich der Chef ins Cockpit.

„Mach bitte mal die Türe zu."

Hm.

Das tat ich. Dann setzte ich mich auf den Observer Sitz. Praktisch die Besucherritze im Cockpit.

„Weißt du eigentlich", er hatte sich zu mir gedreht, die Crewliste in der Hand.

„wofür der Name Alex steht? Ist das die Abkürzung für Alexander oder Alexandra?"

Seine Augen schielten über die Lesebrille. Er sprach ein wenig hektisch. Scheinbar wollte er nur schnell die „Sache" geklärt wissen und dann weiterarbeiten.

„Naja, das ist nicht so einfach."

„Wie, nicht so einfach?"

„Also, erst war er Alexander."

„Ja?"

„Jetzt ist sie Alexandra."

„Hä?"

„Aber mit Deiner Erfahrung in der Welt der Frauen musst Du doch etwas gemerkt haben?"

„Was gemerkt?"

„Alex hat sich in Thailand einen kleinen Eingriff machen lassen. Jetzt ist er eine echte Stewardess."

„Du spinnst."

„Nein."

In diesem lustigen Moment klingelte das Bordtelefon. Eine Stewardess in der hinteren Bordküche schnaufte aufgeregt in den Hörer, jammerte fürchterlich, Dr. Heinrich soll bitte ganz dringend nach hinten kommen. Er wäre doch Frauenarzt. Alex würde auf dem Boden liegen. Seine OP Narbe hätte sich gelöst. Alles voller Blut. Bitte schnell, fügte sie noch hinzu.

Schade. Schade, dass es keine Kamera im Cockpit gab, um diesen phänomenal geschockten Gesichtsausdruck für die Nachwelt festzuhalten.

Dr. Heinrichs flog aus seinem Sitz, warf mit lautem Geschepper die Cockpittüre auf, rannte durch den schmalen Gang von ganz vorne nach ganz hinten vorbei an 250 Sitzen, knallte ständig mit dem Oberschenkel gegen die Armlehnen und kam endlich in der hinteren Küche an.

Alex lag auf dem Küchenboden. Um ihn herum eine gigantische Blutlache. Seine Augen eigenartig verdreht.

Dr. Heinrich überlegte kurz.

„Einen Stuhl!" Brüllte er.

„Nein, zwei Stühle!" Brüllte er noch lauter.

„Tücher, Wasser, Sauerstoff!" Er trat näher an Alex heran.

Dann kam ich.

Mit einer Tüte Pommes in der Hand. Lächelnd lehnte ich mich gegen die Küchenwand. Ich fragte unseren aufgeregten Chef ob er auch eine haben möchte, während meine Hand nach einer der 5 Ketchup Flaschen griff.

Jeeeetzt hatte es Klick gemacht. Für einen Profi recht lange. Aber er ist schließlich schon eine Weile raus aus dem Geschäft.

„Ihr wollt mich verarschen!? Das gibt's doch gar nicht!" Jetzt lachten alle. Alex sprang auf die Beine.

„Du hast gesagt, das Gequatsche der Frauen ginge Dir auf die Nerven! Ich habe nichts gesagt. Selber schuld! Ich bin ja auch keine Frau.", fügte Alex mit einem traurigen Schmollmund hinzu. „Leider!"

Nachdem Alex seine Männeruniform wieder trug, rupfte er sich die aufgeklebten Nägel auch wieder von den Fingern.

Schade, dachte ich nur. Ich fand ihn sehr hübsch.

Dr. Heinrich hatte sich natürlich irrsinnig amüsiert. Wir Flieger verstehen doch Spaß.

Wie trostlos wäre unser Fliegerleben ohne diese hübschen kleinen Anekdoten. Rein in den Flieger, Türen zu, Türen auf, raus aus dem Flieger. Schlafen, essen, rein in den Flieger …

Das wäre langweilig. Deshalb freuen wir uns auch so, wenn wieder mal eine Kollegin mit Hausschuhen im Flieger steht, weil sie um 4 Uhr morgens zu verschlafen war oder der Kapitän mit Mohrenkopf am Hintern zum Briefing erscheint, den sein 5-jähriger liebevoll auf den Autositz gelegt hat. Gut, diese Beispiele erscheinen äußerst unspektakulär wenn ich an unsere junge Copilotin denke, die sich im Geiste der Umnachtung zu den Passagieren setzte weil sie der Meinung war, wir hätten einen DH Flug (für alle Nichtflieger: Ein Flug bei dem wir als Passagier zu unserem Einsatzort fliegen). Richtig cool fand ich die Purserette, die nach einer Ansage an alle Passagiere vergessen hatte den Knopf für das Mikrophon loszulassen und anschließend laut erwähnte: „Ach Scheiße, ich habe meine Tampons vergessen..."

„Scheiße sagt man nicht!", kam lauthals die Antwort aus der Passagierkabine nachdem alle laut gelacht hatten.

Unser Alltag sieht natürlich ganz anders aus. Wir haben viele Schulungen und Seminare und stehen oft mitten in der Nacht auf um unseren Dienst zu beginnen. Haben wir dann ein wenig Freizeit in unseren Zielgebieten, halten wir uns körperlich fit und treiben viel Sport und bilden uns weiter, indem wir vielleicht einem Fernstudium frönen, unsere Fremdsprachen verbessern oder sogar Bücher schreiben. Ich habe zwar schon mal gehört, dass es Flugbegleiter und sogar Cockpitpersonal gibt, dass im sogenannten Layover Alkohol zu sich nimmt oder sogar die Nächte in Discotheken verbringt, gesehen habe ich ein solches Individuum noch nicht.

KK ausschalten!

Es ist noch gar nicht so lange her, da haben mich zwei besonders sportliche Kollegen auf einem Umlauf begleitet. Schon am ersten Morgen unseres freien Tages war mir aufgefallen, wie müde die beiden aussahen. Die Flugbegleiterin war nicht geschminkt und hatte tiefe Augenringe. Der Kapitän dagegen trainierte scheinbar schon zum Frühstück, aber nur seine Gesichtsmuskulatur. Er grinste ständig.

„Wo ward ihr gestern Abend? Wir haben Euch beim Essen vermisst?", fragte ich.

„Wir haben so viel Sport getrieben, da hatte keiner von uns mehr Hunger auf irgendetwas.", bekam ich als Antwort.

„Was macht ihr denn für Sport?", wollte ich NATÜRLICH wissen.

„Konditionstraining. Für die Tiefenmuskulatur. Sehr anstrengend. Der Schwerpunkt dabei liegt in der Konzentration auf innenliegende mikromuskuläre Spannungen, die kurz gehalten und später wieder entspannt werden. Für eine dynamische Elastizität der Blutgefäße bei verschiedener durch Dehnung und tonischer Kontraktion hervorgerufener Wandspannung. Ähnlich wie die Methode Muskelentspannung nach Jacobson."

„Sex?", frage ich.

„Ja.", antwortet er.

Studieren kann man ja mittlerweile auch so ziemlich alles. Fernlehrgänge bieten ein unglaubliches Spektrum an Wissen, das laut Werbeanzeige unbedingt in unsere Köpfe muss. Der gemeine Flugbegleiter ist das perfekte Opfer um als Multiplikator zu fungieren wenn es darum geht, neue Studenten anzuwerben. Spanisch, BWL, Abitur nachholen, Psychologie, kaufmännisches Englisch, Kindererziehung, staatl. geprüfter Alleswisser. Die Vorteile sprechen sich schnell rum. Endlich weiß ein Flugbegleiter, was er mit seinem Gehalt anstellen kann. Zusätzlich braucht er seine Freizeit nicht mehr gestalten und hat hinterher auch noch ein Diplom. Und anschließend kann man seine Kollegen noch wunderbar unterhalten, indem kleine Kärtchen geschrieben werden auf denen Fragen notiert sind. Kollegin K. hatte ein solches Sortiment von Fragenkärtchen. Und ein Diplömchen in Allwissen. Klar waren auf der Rückseite der Karten die Antworten notiert. Somit hatte sie ein hübsches Spiel gebastelt, mit dem sich die Crew die langen Wartezeiten auf den Bus oder kleine Leerlaufzeiten überbrücken ließ. Zusätzlich konnte Kollegin K. ungemein mit ihrem Wissen punkten.

Nur bei sich selbst. Anderen ging sie damit furchtbar auf den Keks.

Es gibt aber auch sehr nützliche Studiengänge. Fremdsprachen sind zum Beispiel im Leben eines Fliegermenschen unabdingbar. Ich persönlich war in eine äußerst unangenehme Lage geraten, weil ich keine Spanischkenntnisse besitze. In Mexiko wäre ich vollkommen aufgeschmissen gewesen, wenn nicht eine blutjunge Stewardess mit ausgezeichnetem Spanisch bei mir war, als wir in der Stadt ein Restaurant aufsuchten. Um uns herum schimmerte es in kunterbunten Farben. Sogar der Fußboden präsentierte sich in sechs verschiedenen Farben. Bunt gewebte Teppiche hingen an den Wänden, die Tischdecken, Blumenvasen, Teller, Servietten, das Personal, alles war bunt. Da wunderte es mich eigentlich nicht mehr allzu sehr, dass der Kellner mit einer schwungvollen

Hüftbewegung eine Speisekarte aus dem Handgelenk vor meine Nase schleuderte, mit extrem bunt gemischten Gerichten. Ich - kein Spanisch – lies sie mir brav übersetzen.

Um es kurz zu machen, keines dieser Tiere auf der Karte hatte ich vor zu essen, oder aus einer Suppe zu löffeln. Ich hatte weder geplant ein Tier an meinem Tisch lebend zubereiten zu lassen, noch wollte ich mir ein Körperteil aussuchen und den Rest lebendig für andere Gäste frischhalten lassen. Ich hatte einfach nur Hunger. Auf eine ganz normale Mahlzeit. Die Karte war äußerst umfangreich, wenn man die vielen Arten von Reptilien hinzuzählt, aber nichts für mich.

Wir gingen. Dank meiner gebildeten Kollegin.

Ich betrat die Fußgängerzone direkt vor dem Reptiliengourmetrestaurant und landete prompt in der nächsten Falle. Ein zweites Mal war ich glücklich darüber, meine Spanischstewardess bei mir zu haben. Mein Leben hätte sich schlagartig ändern können. Ich hätte ins Gefängnis kommen können. Auf nacktem Asphaltboden meine zukünftigen Nächte verbringen in der Hoffnung, die Rückenschmerzen ließen endlich nach. Wasser und Brot würden mir täglich durch eine schmale Klappe in der tausendfach verriegelten Kerkertüre durchgeschoben werden und die Schreie der Mithäftlinge hätten meine zarte Seele zermürbt. Vielleicht wäre aber auch etwas ganz anderes passiert. Ich hätte mein Schicksal angenommen, meinen Job an den Nagel gehängt und eine Familie gegründet. Wer weiß.

Aber es kam ganz anders. Spanischstewardess sei Dank.

Ich stand also nichtsahnend auf dieser Straße, als eine junge Frau mit langem schwarzem Haar auf mich zu gerannt kam. Fettig und zerzaust hingen ihr ein paar Strähnen im Gesicht. Diese verdeckten nicht ganz erfolgreich ihre kaputten Zähne. Da sie keine Schuhe trug, sah man die Verletzungen an ihren Füssen. Der große Zeh war fast nicht mehr vorhanden.

Völlig entsetzt von diesem Anblick blieb ich stehen und sah sie an. Diese arme junge Frau schaute mir tief in die Augen. Sie weinte laut und rief etwas, dass ich natürlich nicht verstehen konnte. Sie trug ein kleines Bündel in ihren Armen auf das sie mit ihren Blicken hinwies. Als sie direkt vor uns stand, sah ich einen winzigen Säugling in einer Decke gewickelt. Er schlief fest und sah dabei wirklich zuckersüß aus. Die arme Frau zeigte auf das Kind, dann auf mich und anschließend auf die Küche des Restaurants, deren Eingang in einer Seitenstraße lag. Vor lauter Verwirrung nickte ich unentwegt. Ich hatte ja keine Ahnung worum es ging und fühlte mich völlig überrumpelt. Dann spürte ich die Hand meiner liebsten Kollegin an meinem Unterarm.

„Du sollst das Kind behalten. Sie hat kein Geld um es zu ernähren und möchte es Dir schenken."

„Hä?", sagte ich äußerst intelligent.

Schnell schüttelte ich den Kopf.

„Was hast Du denn gedacht?",

„Es ging so schnell. Ich dachte, ich soll das Kind kurz halten, damit sie sich etwas zu essen holen kann…"

Meine Naivität fand ich äußerst peinlich. Krampfhaft dachte ich über den schnellsten Weg nach, spanisch zu lernen.

Die folgenden Layover waren also perfekt ausgefüllt mit Vokabeln lernen und Grammatik büffeln. Da blieb wenig Zeit für Sport. Da wir Purser jedoch extrem kreativ geboren wurden, fielen mir Methoden ein, zwei Dinge miteinander zu kombinieren. Wie Sport UND Bildung zum Beispiel. Es folgte eine Zeit in der ich meine Runden im Swimmingpool drehte während ich ständig auf die Vokabeln schaute, die auf meinem Unterarm notiert waren. Ich paukte Zukunfts- und Vergangenheitsformen von spanischen Verben per Kopfhörer auf einem Laufband rennend und manchmal nahm ich auf dem Hotelzimmerboden sitzend Yogastellungen ein, die es mir erlaubten, nach dem Weg zu fragen, oder im Restaurant Bestellungen aufzugeben ohne aus der Puste zu kommen. Auf

Spanisch natürlich. Zwei Fliegen mit einer Klappe.

Irgendwann wurde mein spanisch dann auch salonfähig. Ich freute mich wahnsinnig auf einen Umlauf, der zwei freie Tage auf Palma de Mallorca beinhalteten. Zwei ganze Tage nach dem Weg fragen, Smalltalk halten und natürlich im Restaurant mein Essen bestellen! Darauf freute ich mich schon Wochen im Voraus. Hätte ich gewusst, dass ich mir diese Mahlzeit erst verdienen sollte, indem ich wie auf einem Kindergeburtstag um die Wahl des Essens streiten musste, hätte ich mich nicht mit meiner Crew zum Essen verabredet. Ich wäre gegangen, hätte gegessen und dann müde in mein Bettchen versunken. Aber ich wusste es nicht.

Es hätte mich stutzig machen müssen, als wir so große Schwierigkeiten hatten, eine Uhrzeit zu vereinbaren, wann wir uns zum Essen treffen würden. Neun Crewmitglieder hatten acht verschiedene Uhrzeitwünsche. Ich enthielt meine Stimme. Schließlich konnten wir uns dann doch auf eine Zeit einigen. Aber natürlich nicht alle, ein Flugbegleiter strich die Segel. Er bestellte sich einen Frust-Salat aufs Zimmer.

Mir war die Zeit egal, ich wollte essen, nicht feilschen.

Warum haben meine Glocken nicht geklingelt, nach dieser ewig langen Diskussion. OK. Ich hatte keine. Aber Spaß beiseite. Als es so lange dauerte, sich auf eine Zeit des Treffens zum Abendessen zu einigen, sollte es mir klar gewesen sein, dass sich die Wahl des Restaurants ähnlich gestalten würde.

Eine Paella bitte. Und einen trockenen Weißwein, vielleicht noch etwas Brot und eine große Flasche Mineralwasser.

Ich hatte viel Zeit, diesen Spruch in Gedanken durchzugehen. Natürlich auf Spanisch. Vielleicht essen wir auch Pizza, oder ein Steak. Aber ein bisschen üben konnte nicht schaden, auch wenn ich es leise in meinen Gedanken tat.

Wir liefen durch die wunderschöne Altstadt von Palma de Mallorca. Vorbei an der Kathedrale, durch enge Gassen und an sehr, sehr vielen Restaurants vorbei.

Eine schmale Treppe führte nach unten zu einer kleinen Kellerbar. Alle acht steckten wir die Köpfe zusammen um die Speisekarte zu studieren. Ich verstand fast alles. Stolz war ich. Und sehr, sehr hungrig.

„Ist aber ganz schön teuer hier", sagte Nicole. Flugbegleiterin aus Leidenschaft. Mit blonden, langen Haaren die glänzten wie die von Heidi Klum während der Schwangerschaft.

„Finde ich nicht." Erwiderte ich kurz und knapp und hungrig.

Wir gingen weiter.

„Eigentlich hätte ich Lust auf Thailändisch!" brummelte sich der Kapitän in den Bart. Den konnte man immer so schlecht verstehen. Durch seine extreme Körpergröße verschwanden manche Sätze Richtung Weltall. Außerdem brummte er wie ein Bär. Hörte sich ziemlich erotisch an. Man verstand bloß nix.

„Thailändisch?", ich war schockiert.

„Wir sind auf Mallorca!?"

„Ich weiß!" brummelte er.

„Ich bin Pilot!" kam noch mit einem Lächeln dazu. Auch das war sehr sexy.

„Also eigentlich habe ich keinen so großen Hunger. Auf dem Flug hierher habe ich drei Passagieressen gefuttert. Es ist unglaublich viel Essen übrig geblieben. Das können wir doch nicht alles wegwerfen!", das sagte nun einer unserer - links herumgestrickten -männlichen Flugbegleiter. Ich traute meinen Ohren nicht.

Mittlerweile waren mindestens zehn Gastronomiebetriebe mit den unterschiedlichsten Gaumenfreuden an uns vorbei gezogen, während die gesamte Crew auf der Stelle zu stehen schien. Ich setzte mich auf eine kleine Treppenstufe und wollte weinen.

Da sah ich etwas Leuchtendes in der Ferne. Ein Licht, dass mir von Gott gegeben den rechten Weg weisen wollte. Wie in Trance richtete mich mein Körper auf, stellte mich auf die Beine und führte meinen Geist samt Körper in diese wunderbare Spelunke, in der die verschiedensten Köstlichkeiten serviert wurden. Bei Kerzenschein und Life Musik genoss ich meine Paella mit einem schönen Glas Weißwein. Einsam und glücklich.

Keine Ahnung wo die Crew abgeblieben war. Zum Pick-up für den Rückflug waren sie jedenfalls wieder alle vollzählig.

Ja, so ein Fliegerleben kann ganz schön anstrengend sein. Nicht nur die Aufenthalte in fremden Ländern mit der Crew, sondern ab und an auch die Flüge die wir zwischendurch auch mal machen um dorthin zu kommen.

Nach Mallorca dauert der Flug ja nicht sehr lange. Daher fliegen wir diese Strecke auch dreimal am Tag. Trotzdem ist ein ordentlicher Langstreckenflug über ca. 12 Stunden schon etwas anderes. Sehr viel anstrengender, da ja noch eine gewisse Zeitverschiebung am Zielflughafen dazukommt, sowie diverse Vor- und

Nacharbeiten. Häufig sind wir Flieger so um die sechzehn Stunden auf den Beinen, bevor wir unsere Freizeit genießen dürfen. Da kommt es schon mal vor, dass wir uns während des Fluges eine kleine Pause gönnen. Nicht nur eine kurze Pause um ein Glas Wasser zu trinken, sondern eine etwas Längere.

Zu keiner Zeit werden dabei unsere Passagiere vernachlässigt. Ein Teil der Besatzung ist IMMER ansprechbar.

Wie sich diese Pausen gestalten ist manchmal sehr amüsant.

Klar, könnte man mitten in der Nacht bei abgedunkelter Kabine auch mal in die Zeitung schauen. Oder für kurze Zeit den Kopf anlehnen (was sehr lustig aussieht, da der gemeine Flugbegleitersitz eine sehr gerade Sitzhaltung fordert und man dabei sitzt als wäre ein Brett im Rücken). Leider fällt dieser beim Einnicken gerne vorne über und erzeugt schnell ein Schleudertrauma.

Kürzlich bat mich ein Flugbegleiter aus der hinteren Küche um ein zusätzliches Kissen, eine Decke und noch Plastiktüten, die nicht mehr benötigt werden.

Natürlich musste ich nachsehen, was die Kollegen damit vorhatten und konnte gerade noch verhindern, dass sich einige mit aufgeblasenen Luftmatratzen auf dem Küchenboden ein Schlaflager errichteten.

Schließlich hatte ich KEINE Luftmatratze und auch KEINE Pause....

Außerdem gibt es klare Vorgaben der Fluggesellschaft und auch dem Luftfahrtbundesamtes, welches Verhalten an Bord angemessen erscheint. Für Passagiere gelten natürlich andere Bestimmungen.

Trotzdem sind Pausen enorm wichtig. Studien haben ergeben, dass ein kurzes Napping – so werden Nickerchen neuerdings genannt – eine enorme Effektivität besitzt.

Zehn Minuten die Augen schließen und beim nächsten Servicegang fliegen die Tabletts nur so durch die Kabine. Daher bin ich ganz sicher kein Gegner von ordentlichen Pausen. Luftmatratzen gehen mir jedoch einen Schritt zu weit. Demnächst blasen die Flugbegleiter noch ihre Gummipuppen auf damit sie beim Napping kuscheln können.

Ist die Kabinencrew schön ausgeruht, kann sie erstaunliche Leistung erbringen. Ich habe mir mal zum Spaß einen Schrittzähler in die Tasche gesteckt. Irgendwann wurde das Ding furchtbar heiß und ich musste es entsorgen. Ich weiß leider nicht, wie viele Kilometer darauf verzeichnet waren. Aber so einige schaffen wir da oben in der Luft. Klar, kommt es vor, dass Reihe 6 klingelt um etwas zu bekommen, nachdem wir in Reihe 7 gerade waren und just in der hinteren Küche wieder angelangt sind. Aber so ist das nun mal. Dafür sind wir ja da. Oder eher die Flugbegleiter. Wir Purser arbeiten dort ja nicht. Wir haben etwas kürzere Wege. Sind meistens auch ein wenig älter. Ob man bei Erstellung der Arbeitsanweisung auf diesen Fakt Rücksicht genommen hat, weiß ich nicht. Im Grunde genommen laufen wir aber mindestens genauso viel durch die Kabine, da ja bekanntlich eine höhere Klasse auch einen besseren Service erwartet. Und die Stewardessen sind im Preis inbegriffen. Glauben die meisten Passagiere. Bisher hat mich noch niemand gefragt, ob ich beim Aussteigen als Geschenk verpackt werde, aber ich habe ja noch einige Fliegerjahre vor mir.

Alles habe ich dann wohl doch noch nicht erlebt.

Es gibt aber andere, lustige Fragen oder Sprüche, die uns Fliegern bei der Verabschiedung so entgegengeflogen kommen. Sehr häufig fragt ein Passagier, ob wir denn gleich wieder zurückfliegen würden. Klaro, nach fünfzehn Stunden Arbeitszeit ein Klacks. Auf einer Arschbacke rutschen wir die zehntausend Kilometer nach Hause. Das Cockpit kann ja den Autopiloten einstellen und in der Kabine steht ein Getränke Automat. Jeder Passagier kontrolliert seinen Nachbarn, ob er auch angeschnallt ist und wenn es einen Notfall gibt, können ja alle die Feuerwehr rufen. Die kommt zwar nicht, aber sie können ja mal laut rufen.

Manch einer fragt, wie lange wir denn Aufenthalt in der Karibik oder sonst wo haben. Antworten wir mit ein oder zwei

Nächten, kommt prompt von der Gegenseite „also, wir bleiben 4 Wochen".

Nein, bestimmt hat das keinen boshaften Hintergrund.

Eine Bemerkung fand ich ja ganz niedlich. Ob wir Flugbegleiter denn das Essen für die Passagiere selber zubereiten würden.

„Ja", sagte ich darauf „ich koche es zu Hause in meiner Küche und dann helfen mir mein Mann und meine Kinder beim Transport zum Flughafen. Hat es Ihnen denn geschmeckt?"

Das Nicken unter dem Fragezeichen hatte etwas Schüchternes an sich.

Oder:" Frollein, is da tatsäschlich eine Frau im Cockpit?" warf mir jemand beim Rausgehen entgegen.

„Ja, ich bin auch froh, dat wir jut jelandet sinn!" fiel mir als passende Antwort ein.

Der allerbeste Satz jedoch in meiner gesamten Purser Laufbahn, den ich von einem Passagier beim Verlassen des Flugzeugs gehört habe, war dieser:

„Entschuldigung", ein älterer Herr streckte mir ein Flugticket entgegen, „könnten Sie so nett sein und meiner Frau in Frankfurt dieses Ticket übergeben? Wir haben uns im Flughafen verloren und nicht mehr wiedergefunden…" Bevor ich etwas sagen konnte, hüpfte er vergnügt die Passagiertreppe hinunter.

Es gibt Situationen, da bin ich mir nicht so ganz sicher, ob ich sie komisch finden soll, oder ob sie vielleicht doch zum Weinen sind. Dazu gehört diese auch. Und noch eine andere, die eigentlich schon so unverschämt war, dass wir

Flieger fast darüber lachen müssen. Es ist schön, wenn Menschen kreativ sind. Es fördert und fordert unser Gedächtnis, das ist wissenschaftlich bewiesen. Auch soll es die Menschen freundlicher machen, da die Persönlichkeit in einer gewissen Hinsicht ausgeglichen wird. Eine Art Ventil für Gefühle, die unbedingt heraus wollen, auch wenn die Mitmenschen des kreativen Geistes nicht unbedingt in Stimmung sind, diese zu ertragen. Aggression, übertriebener Hormonschub, Melancholie, Depression, was weiß denn ich. Ein Ventil halt dafür. Dann lieber kreativ. Wir hatten einen solchen Menschen an Bord. Ziemlich unscheinbar. Kein Boys mit einer schmutzigen Badewanne auf dem Schoß oder ein Künstler der besonderen Art, der aus den Aluschalen der warmen Essen kleine Skulpturen bastelt und sie im Gang auf den Boden stellt um sie zu präsentieren. Nein, ein kleiner Mann

Mitte 30. Ohne Bart, ohne Hut ohne Schuhe. Gut, er hatte die Schuhe der Bequemlichkeit halber ausgezogen. Das enttarnte ihn aber noch lange nicht als verschrobenen kreativen Geist. Nein, seine Fähigkeiten lagen ganz woanders und niemand hätte ihm dies zugetraut.

„Entschuldigung, Frau Pörserette", sprach mich eine Dame an, „die Toilette in der Mitte ist dauernd besetzt. Ist es möglich, dass es einem Passagier nicht gut geht?"

„Oh, vielen Dank für die Information." Sagte ich freundlich zurück. „Ich werde sofort einmal nachsehen."

Ich ließ meine Arbeit in der Küche liegen und stiefelte schnurstracks zum Ort des Geschehens. Tatsächlich. Die Toilette war verschlossen. Ich klopfte heftig und rief laut, ob alles in Ordnung sei. Es kam keine Antwort.

„Da war schon lange keiner mehr drauf. Die hat der da doch zu gemacht!" rief eine weitere Dame aus der Kabine und zeigte auf den zuvor beschriebenen Passagier.

Ich ging zu ihm.

„Sie haben die Toilette absichtlich von außen verschlossen?", fragte ich ihn.

„Na logisch." Antwortete er extrem selbstbewusst.

„Wieso denn?"

Nun setzte er sich in eine sehr aufrechte Position und wurde knallrot vor Wut. Sein Tonfall war sehr laut.

„ Sehen sie denn nicht, wie viele Menschen in diesem Flugzeug sitzen?", fragte ich.

Ich drehte mich demonstrativ um und begutachtete die ordentlich gefüllte

Passagierkabine. Dann nickte ich zustimmend.

„Ja, sie haben Recht. Wir sind wunderbar ausgebucht heute. Aber was bitte hat diese Tatsache mit dem Blockieren der Toilette zu tun?" fragte ich. Lächelnd und freundlich selbstverständlich.

„Hallo?", brüllte er nun.

„Sie glauben doch nicht etwa, dass ich ein Klo benutze, auf dem andere Leute ihr Geschäft verrichten? Ich bin doch kein Selbstmörder. Das ist ja widerlich! Machen sie so etwas zu Hause etwa auch? Das ist meine Toilette und dabei bleibt es auch, basta!"

Nach dieser ausführlichen Erklärung sank er wieder zurück in seinen Sitz. Zufrieden und äußerst siegessicher, den Platz auf dem Klo für seinen kostbaren Po erkämpft zu haben.

Ich gebe zu, zuerst einmal sprachlos dagestanden zu haben. Dann fiel mir doch etwas ein.

„Sie haben ja so Recht. Wenn Sie mir bitte ihre Rückflugdaten überreichen möchten. Ich werde alles Weitere veranlassen, damit diese Unannehmlichkeiten nicht mehr vorkommen."

Etwas verwirrt über diese Antwort gab er mir sein Rückflugticket. Nachdem ich mir alle Daten wie Flugnummer und Datum notiert hatte, gab ich es ihm zurück.

„Ihr Flug wird selbstverständlich umgebucht, der Herr." Sagte ich freundlich.

„Wie umgebucht?"

„Es ist selbstredend, diese untragbare Situation auf dem Rückflug nicht mehr vorkommen zu lassen. Ich werde Ihnen ein Privatflugzeug mit einer exklusiv für

Sie gereinigten Nasszelle zur Verfügung stellen lassen. Reinigungspersonal natürlich ebenfalls an Bord, um eventuell entstandene Verunreinigungen sofort zu beseitigen. Sie brauchen sich um nichts weiter zu kümmern. Die Uhrzeit bleibt gleich, nur die Flugnummer wird sich ändern, dies bitte ich beim Einchecken zu beachten. Die Rechnung erhalten sie dann bequem im Anschluss an ihrem Wohnort. Vielen Dank, dass sie mit uns geflogen sind. Ich wünsche ihnen noch eine angenehme Reise."

Triumphierend ging ich zurück in meine Küche. Ich hörte nichts mehr von diesem Gast. Ob er tatsächlich ein Vermögen ausgegeben hätte für eine persönliche Toilette? Ich habe es leider nie erfahren. Aber die Information habe ich tatsächlich an das Bodenpersonal weitergeleitet.

Es gibt haufenweise solcher Situationen an Bord eines Flugzeugs. Natürlich gibt es die überall auf der Welt, wo viele Menschen aufeinander treffen. Im Flugzeug jedoch ist es sehr eng. Auch kann man nicht mal eben rechts ran fahren um den ein oder anderen aussteigen zu lassen, weil ihm gerade übel ist, oder weil der Nachbar stinkige Socken trägt. Im Flugzeug muss man gewisse Dinge einfach ertragen, bis das Ding gelandet ist. Die Toilette habe ich nach dem Gespräch mit dem Passagier selbstverständlich wieder geöffnet. Ich möchte ja nicht noch sämtliche Sitzpolster auswechseln müssen, nachdem wir gelandet sind. Klar haben wir auch eine solche Extremsituation schon hinter uns. Während eines Fluges mit äußerst heftigen Turbulenzen mussten unsere Passagiere leider viele, viele Stunden angeschnallt sitzen bleiben.

Uns flogen förmlich die Getränke um die Ohren. Zu essen gab es natürlich nichts. Wir hatten keine Chance, irgendwelche Essenswagen aus den Staulöchern zu holen um sie danach sicher durch die Gänge zu schieben. Logisch, dass auch einige Passagiere den Toilettengang vermieden, bzw. dazu gezwungen waren, wenn sie nicht wie ein Ping-pong Ball durch die Kabine fliegen wollten. Pipi mussten sie trotzdem.

Es ist sinnlos, zu erwähnen, welchen Duft das gesamte Flugzeug hinterließ, als alle Passagiere ausgestiegen waren. Einige Polster waren triefnass, die Sitztaschen waren prall gefüllt mit sinnvoll genutzten Kotztüten.

In diesem Fall hatten wir keine Chance es im Vorfeld zu vermeiden. Aber das möchte keiner noch einmal erleben. Daher hatte unser Passagier trotz Kreativität Pech. Er durfte seine persönliche Toilette nicht behalten.

Kreativ sein können aber auch die Flugbegleiter. Sie zaubern Blumen aus Servietten oder aus Trockeneis wunderschönen Disconebel in die Business Class, wenn das Dessert serviert wird.

Oder sie lassen ihre ganze Phantasie spielen wenn es darum geht, die Kabinenchefin auf den Arm zu nehmen. Das tat meine Kabinencrew auf einem Flug in die USA.

Vorher sollte erwähnt werden, wie außerordentlich schwierig es sich gestaltet, die Namen aller Crewmitglieder auf jedem Flug neu ins Gedächtnis zu parken. Daher sind die Namensschilder auf der Uniform ein enormes Geschenk für uns alle. Nur blöd, wenn die Kollegen diese Namensschilder ständig austauschen um die Purserette zu ärgern. Vielleicht haben sie sich über meinen blitzschnellen Blick aufs Namensschild geärgert, bevor ich einen der Flugbegleiter ansprechen wollte. Oder sie hatten einfach Spaß daran, mich komplett zu verwirren. Das Claudia auf einmal rote Haare hatte und Natalies Stimme zwei Oktaven höher klang, fiel mir aber doch irgendwann auf. Es gab richtig Ärger. Als Vorgesetzte darf man sich so ein respektloses Verhalten einfach nicht gefallen lassen. In einem Notfall macht sonst jeder was er will und nicht was ich sage. Das kann und soll nicht toleriert werden. Ich habe eine Ansage durchs Mikrophone gesprochen, sodass es alle hören konnten. Ich informierte alle Gäste freundlich über die Tatsache, dass Claudia sich noch in der Ausbildung befindet und daher auf ein persönliches Feedback aller Passagiere bezüglich ihrer servicetechnischen Leistungen Wert legen würde. Auch sollten die Damen und Herren Verständnis dafür aufbringen, dass ihre Schuhe noch nicht eingelaufen sind und die Getränke aus diesem Grunde etwas länger auf sich warten ließen.

„Wenn ich Sie noch einmal kurz um Ihre Aufmerksamkeit bitten dürfte", sagte ich noch im Anschluss ins Mikrophon,

„Flugbegleiterin Natalie feiert heute ihren 20. Geburtstag. Wir alle möchten ihr auf diesem Wege alles erdenklich Gute wünschen und noch viele wundervolle Flüge"

280 Menschen klatschten.

Natalie war 42 Jahre alt und Claudia flog als Flugbegleiterin seit 28 Jahren.

Manchmal ist es schön, am längeren Hebel zu sitzen.

Dieser Beruf ist sicher nicht alltäglich. Er hat Höhen und Tiefen. Nirgendwo hat dieser Spruch mehr Wahrheit in sich als es bei der Fliegerei der Fall ist. Nur haben die Höhen nichts mit dem persönlichen Befinden zu tun. Oder vielleicht doch? Keiner weiß so genau, ob folgendes Gerücht medizinische Standhaftigkeit besitzt, jedoch kursiert es rege durch sämtliche Diskussionsrunden innerhalb Flieger-crews: Je höher ein Flugzeug fliegt, umso höher soll angeblich die Wahrscheinlichkeit sein, bei einer Befruchtung der menschlichen Eizelle innerhalb der folgenden 24 Stunden, später ein weibliches Kind zur Welt zu bringen. Tja, ich habe da so meine eigene Theorie dazu entwickelt, falls es stimmen sollte. Es kann ja nur an der extremen Durchsetzungskraft liegen, an der Widerstandsfähigkeit gegenüber ungünstigen Umwelteinflüssen sowie an der kraftvollen Energie der weiblichen

Gene. Eine hohe Strahlung kann uns Weibern halt nichts anhaben. Die Kerle dagegen streichen die Segel und warten auf Schönwetter.

Vielleicht. Vielleicht ist es frech von mir, so zu argumentieren. Aber warum sitzen mehr Männer im Cockpit auf ihrem Hintern, währen mehr Frauen sich die zarten Füße in der Kabine rund laufen? Wäre es umgekehrt der Fall, würden wahrscheinlich knapp 200 Passagiere zwar mit Ansagen zugetextet werden und im Nachhinein den Kerosinverbrauch einer 747 anhand der Daten auf den Bildschirmen in der Kabine selbst ausrechnen können, jedoch das Ergebnis aufgrund von körperlicher Schwäche durch gefährlichen Flüssigkeitsmangel nicht mal mehr flüstern können. Gut, ich gebe zu, das Flugzeug würde mit mir als Pilot auch nur im Kreis herum fliegen, aber dadurch wären wir bald wieder zu

Hause um alle Passagiere vor uns – der Crew - retten zu können.

In Wahrheit ist es völlig egal, ob Männlein oder Weiblein in Cockpit oder Kabine arbeiten. Die Gesellschaft und unsere Erziehung hat dieses Ungleichgewicht zu verantworten. Aber wir sind auf dem besten Weg, dies zu ändern.

Die meisten Kollegen sind mit Sicherheit auch sehr zufrieden mit dieser Rollenverteilung. Viele Damen tragen gerne Röcke, die sich im Cockpit nur unschön mit einem Schrittgurt vereinbaren lassen und manche Männer drücken halt gerne Knöpfe. Davon gibt es eine ganze Menge im Cockpit. Besonders gut gefallen mir die Sicherungsknöpfe im Deckenbereich. Der Blick unserer Piloten auf diese riesige Fliegenschiss-Tafel erinnert ein wenig an das romantische Betrachten eines Sternenhimmels. Mit viel Phantasie natürlich. Und die haben wir Purseretten ohne Zweifel. Schaut der Copilot mit dem Kapitän zeitgleich nach oben um eine bestimmte Sicherung zu finden, bin ich jedes Mal kurz davor, kleine Lautsprecherboxen an meinen MP3 Player anzuschließen und ganz laut Enya zu spielen. Dann vielleicht noch das Licht ein wenig dimmen um die zwei Turteltäubchen den Augenblick genießen zu lassen indem ich fast lautlos, rückwärts das Cockpit verlasse. Klar geht da etwas mit mir durch, aber es braucht ja niemand erfahren, welche Szenarien sich da in meinem Kopf abspielen.

Eigentlich haben wir Flugbegleiter auch eine Menge Knöpfe zu drücken. Vielleicht wissen viele Männer das ja gar nicht und bewerben sich daher für den Beruf des Piloten und nicht den des Flugbegleiters. Wir haben Knöpfe für die Kaffeemaschine, das Licht, das Unterhaltungsprogramm, Schalter für die Öfen, Telefone und eine ganze Menge Verriegelungs-Knebel, die wir tausendfach rauf und runterstellen können. Es sind so viele Knebel und trotzdem müssen wir nicht suchen, welchen wir benötigen. Ist ein Riegel offen, wird er verschlossen. So einfach ist das. Vielleicht zu einfach. Für die Herren. Aber dafür stürzt kein Flugzeug der Welt ab, wenn ich versehentlich den falschen Hebel betätige. Es rutscht mal ein Wagen aus der Position heraus, oder der Kaffee läuft über den Filter auf die Küchenablage, aber das Flugzeug fliegt weiter brav geradeaus. Es können natürlich auch ganz schlimme Sachen passieren, wenn ein falscher Knopf in der Kabine gedrückt wird. Zum Beispiel wenn die Türen geöffnet werden. Sind die Rutschen nicht deaktiviert und wir öffnen die Ausgänge, schießt mit einem lauten Knall die Rutsche auf die Landebahn und das Flugzeug ist erst einmal für längere Zeit außer Gefecht gesetzt. Man (n) sollte also nicht meinen, dass unsere Knöpfe weniger Verantwortung im Umgang abverlangen.

Jedes Knöpfchen hat seine Daseinsberechtigung.

Aber dieses Klischee, dass Männer besser fliegen und Frauen lieber Kaffee servieren wird wohl noch einige Jahrzehnte durchs Universum fliegen. Genau wie der ein oder andere Witz über uns Flugbegleiter. Einen davon habe ich öfter gehört als Milch und Zucker in Kaffee gekippt:

Der Pilot macht aus dem Cockpit eine Ansage. Danach vergisst er, den Lautsprecher wieder auszustellen. Im Anschluss teilt er seinem Copiloten mit, dass er jetzt seinen Kaffee genießen möchte und wenn er damit fertig sei, die Stewardess vernaschen wird.

Diese hört seine Ansage in der Kabine und rennt wutentbrannt aus der hinteren Küche nach vorne. Dabei rauscht sie an einer älteren Dame vorbei die versucht, sie zu stoppen. Laut ruft diese:

„Frollein, nu warten se doch noch einen Augenblick. Der Pilot sagte doch, er wolle seinen Kaffee noch austrinken…"

Aber all diese Witze lassen uns Kabinenmitarbeiter schlecht da stehen. Wir wäre es mal mit einem anderen:

Der Pilot gibt einen Funkspruch ab:

„Wir haben nur noch wenig Kerosin, erbitten dringend Hilfe!"

Darauf antwortet der Tower:

„Wir haben Sie nicht auf dem Radarschirm, bitte nennen Sie uns ihre genaue Position!"

Darauf wieder der Pilot:

„Wir stehen noch auf der Parkposition und warten seit ewigen Zeiten auf den Tankwagen!"

Aber in der Fliegerei gibt es ja nicht bloß Flugbegleiter und Piloten. Die Passagiere sollen auch nicht zu kurz kommen und da fällt mir spontan auch ein Witz zu ein:

Eine Blondine setzt sich selbstbewusst in die erste Klasse eines Passagierflugzeuges auf einem Flug nach New York. Nachdem die Purserette die Anzahl der dort sitzenden Gäste überprüfte fiel ihr auf, dass die Dame nur ein Economy Class Ticket gebucht hatte. Auf ihr höfliches Bitten, ihre gebuchte Klasse einzunehmen, reagierte die blonde Dame brüskiert, sie hätte die First Class bezahlt und würde sitzen bleiben.

Natürlich würde die Purserette in der Realität die Situation selbst in den Griff bekommen, aber dann gäbe es keine Pointe zu diesem Witz.

Da jedenfalls wendet sich die Chefstewardess an den Piloten der stolz erklärt, der Blondinen- Sprache mächtig zu sein. Er hätte schließlich selber eine geheiratet.

Also flüstert der Pilot der hübschen blonden Dame etwas ins Ohr und sie steht auf um sich in die Economy Class zu begeben.

Lächelnd geht er zurück ins Cockpit. Puserretten sind eigentlich von Natur aus nicht neugierig. Aber in diesem Witz geht sie der Sache auf den Grund und fragt den Piloten, was er Blondi denn nun gesagt habe.

„Ich habe ihr lediglich klargemacht",

er grinste,

„dass die erste Klasse nicht nach New York fliegt!"

Wer jetzt denkt, es würde wieder nur Frauen treffen, für den habe ich noch einen auf Lager:

Ein Herr bittet die Stewardess um ein Medikament gegen Schmerzen und Fieber. Freundlich überreicht diese ihm ein solches mit der Bitte, sich den Beipackzettel genau durchzulesen.

Nach einer Weile drückt der betroffene Passagier den Rufknopf in seiner Armlehne. Schnell begibt sich die Stewardess zu seinem Sitz und sieht den Herrn mit Schaum vor dem Mund dort sitzen. Erschrocken aber bei vollem Bewusstsein schaut er sie um Hilfe bittend an.

Um nicht missverstanden zu werden fragt sie laut:

„Ist ihnen eine Unverträglichkeit gegenüber Zäpfchen bekannt? Haben Sie das Zäpfchen vielleicht oral eingenommen? Sind sie sicher, den Beipackzettel wie besprochen genau studiert zu haben?" Hatte er nicht.

Solche oder ähnliche Situationen kommen tatsächlich im richtigen Leben vor. Aber denken Sie jetzt nicht, dass Flugbegleiter nun die Verabreichung eines Medikaments kontrollieren. Wir überreichen im Höchstfall eine Decke zur Wahrung der Intimsphäre.

Stimmt's? Spätestens jetzt habe ich die Play Taste Ihres Kopfkinos betätigt.

Vielleicht ist es ganz in Ordnung, dass überwiegend Herren sich im Cockpit befinden. Die Rollenverteilung in den meisten Familien ist doch auch nicht viel anders strukturiert. Wer fährt denn am häufigsten die Familienkutsche, wenn es in den Urlaub geht? Der Mann. Und wer kümmert sich überwiegend um die kulinarischen Genüsse? Die Frau. Gut. Nahrung zu sich zu nehmen ist natürlich wichtiger als Autofahren, aber das sei hier nur am Rande erwähnt. Frauen sind bekannt dafür, Wichtiges von Unwichtigem besser unterscheiden zu können. Ich möchte an dieser Stelle nicht männerfeindlich klingen. Aber ohne uns wären zwar alle Knöpfe am Backofen eingeschaltet, aber der leckere Braten läge noch beim Metzger.

Aber nicht nur die Männer wären nichts ohne uns Frauen. Auch eine Crew hätte Schwierigkeiten, wenn es keine Purserette an Bord gäbe. Sollte eine solche doch mal in eine Unpässlichkeit geraten und sich krank melden müssen, gibt es ziemlich große Probleme. Zum Beispiel müssten sich in diesem unwahrscheinlichen Fall (für Insider: nein, nicht dem eines Druckverlustes) alle Crewmitglieder im Ausland der schweren Prozedere des Eincheckens im Hotel unterziehen. Das war natürlich nur ein Scherz, denn das ist nicht wirklich schwierig. Aber Irgendwer muss schließlich die Verantwortung für die Belange der Passagiere sowie der Kabinencrew übernehmen. Abläufe Koordinieren und auch Entscheidungen treffen. Interessanterweise reicht es manchmal aus, einen Streifen mehr auf dem Dienstgradabzeichen einer Uniform zu erblicken, um höhere Kompetenz zu vermuten. Nicht etwa, dass wir die nicht besitzen. Jedoch werden die häufigsten Probleme eines Passagiers ein wenig – sagen wir – überbewertet. Meist von diesem selbst. Sollte der Sitz eines Passagiers ihm Sorge bereiten, da er sich nicht in alle Himmelsrichtungen verstellen lässt oder beschwert er sich über den Geschmack unserer liebevoll zubereiteten Mahlzeit, fühlt er sich nicht selten gut betreut, wenn ich als Purserette mit ihm spreche. Ich kann mich noch genau an einen Gast erinnern, dem das Schicksal bitter zugesetzt hatte. Mit hohen Erwartungen und knurrendem Magen öffnete er den Deckel seiner Aluschale um sich an seinem Mittagessen zu erfreuen. Leider musste er feststellen, dass sein Nachbar vier Königsberger Klopse auf duftendem Reisbett liegen hatte und er nur Drei.

Mit einer Flugbegleiterin wollte er über seine furchtbare Entdeckung nicht sprechen. Die Chefin sollte kommen. Ich zog meine Jacke über. Konnte ja nicht ahnen, welch grausames Verhängnis mich erwartete. Höflich hockte ich mich in den Gang um mir die Schilderung des Gastes auf Augenhöhe anzuhören. Dann musste ich ein paar Sekunden lang überlegen. Das ist lang. Wenn man bedenkt, dass eine Boeing 777 mit 305 Passagieren in sage und schreibe 90 Sekunden komplett evakuiert werden kann. Von UNS! Kabinencrew!

Aber ich war nicht vorbereitet. Unser Mentaltraining sah einen solchen Fall nicht vor.

Dann fiel mir eine Lösung ein, wie ich den armen klopsbetrogenen Gast zufrieden stellen könnte.

Ich machte eine Ansage.

„Meine Damen und Herren, ich bitte Sie kurz um Ihre Aufmerksamkeit. Sollten Sie beim Öffnen Ihrer Aluschale feststellen, dass sich ein Fleischklops versehentlich darin verirrt hat, so kontaktieren Sie bitte das Kabinenpersonal um den Ausreißer in die Schale von Passagier 29E zurück zu begleiten. Vier Klopse sollten sich in Ihrem Behältnis befinden. Ein

Fünfter hat leider einen anderen Sitz auf seiner Bordkarte. Vielen Dank."

Ich hatte Glück. Nicht nur, dass ganz viele Fluggäste nun einen ihrer Klopse an 29E weitergaben, bis seine Schale völlig überkloppst war, ich hatte weiterhin großen Dusel, dass meine lieben Gäste Spaß verstehen. Von einer schriftlichen Beschwerde sah 29E ab. Er war ja nun auch ziemlich satt.

Wir fassen also zusammen: Ohne den Einsatz einer Purserette hätte dieses Problem enorme Ausmaße annehmen können.

Gut. Ohne unsere Passagiere wären wir natürlich auch nichts. Sie alleine geben uns die wundervolle Möglichkeit, einen Beruf auszuüben der wirklich richtig Spaß macht.

Sollten sich tatsächlich männliche Leser gefunden haben, darf ich unmöglich vergessen zu erwähnen, dass wir ohne Männer auch bloß wie ein Punkt im Universum vor uns hin leuchten würden. Purseretten halt mit zwei Streifen. Ein Punkt mit zwei Streifen also. Männer bringen uns zum Leuchten. Ohne Licht wären unsere Streifen schließlich nicht zu sehen. Habe ich das nicht phantastisch formuliert. So romantisch und auch noch voll der Wahrheit entsprechend.

Männer schubsen uns an, damit wir überall herum leuchten können. Sie sind unser Treibstoff, unsere Energie, unser Lebenselixier!

Genug davon. So viele Männer werden dieses Buch auch wieder nicht lesen.

Klar stimmt das alles, aber ich muss ja nicht so sehr darauf eingehen. Sie sind uns sehr wichtig. Das sollte erst einmal reichen.

Es ist sehr schön zu sehen, dass es Unterschiede gibt zwischen Mann und Frau, Cockpit und Kabine. Nur sind diese Unterschiede nicht nur schwarz und weiß. Die vielen bunten Farbkleckse die wir dazwischen erkennen können, sind weitaus interessanter als wir alle denken. Männer die Männer lieben, Frauen die Frauen vergöttern oder Menschen mit zwei Geschlechtern. Es gibt Frauen im Cockpit und Männer in der Kabine. Die Zukunft wird sich verändern und die bunten Farben das große Gemälde unserer Existenz noch schöner gestalten. Ist so! Wir alle halten einen großen Pinsel in der Hand um fleißig mit zu klecksen.

So ein ganz großes buntes Bild ist übrigens eine schöne Möglichkeit, den Beruf der Purserette plausibel zu veranschaulichen.

KK

In der Mitte haben wir eine gigantisch gelbe Sonne. Das sind natürlich wir. Die Purseretten. Daneben tummeln sich etwas kleinere, lilafarbene Punkte mit einer Kapitänsmütze, diese stellen unsere Cockpitkollegen dar. Viele, viele pinkfarbene Pünktchen sind unsere allerliebsten Flugbegleiter und dann sehen wir noch Quadrate, Rechtecke und Dreiecke für das Bodenpersonal, das Catering und die Technik. Damit unser Kunstwerk nicht so einen tristen Hintergrund behält, müssen wir diesen noch ausfüllen. Er könnte pechschwarz sein, dann kämen die anderen Farben besser zur Geltung, oder hellgrün, macht gute Laune. Ein schönes knalliges rot würde deutlich machen, wie wichtig die Personengruppe für uns ist, die diese Farbe darstellen soll. Unsere Passagiere.

Böse Zungen könnten jetzt bedeuten, dass sich Pink und Rot nicht ausstehen können, das wiederum ist Geschmackssache.

So würde ich jedenfalls mein persönliches Bild malen. Klar würde es aus Sicht des Kapitäns anders aussehen. Da wäre ER ganz groß in der Mitte zu sehen. Fertigen Flugbegleiter ein solches Gemälde an, käme der pinkfarbene Punkt mittig zur Geltung.

Bei unseren Passagieren wäre ich mir nicht so sicher. Ich denke die geometrischen Figuren wären nicht mehr zu erkennen, da unsere lieben Gäste sie zuerst malen würden und anschließend die knallrote Farbe darüber streichen, sodass man nichts mehr sehen könnte, außer rot.

Nein, das ist nicht böse gemeint. Ganz sicher haben sie dabei keinen Hintergrundgedanken. Unsere Passagiere sind schließlich bei uns an Bord um sich zu entspannen. Dabei dürfen sie malen was sie wollen.

Es ist wahnsinnig interessant, sich mit Menschen auseinander zu setzen. Wir Flieger kommunizieren mit sehr vielen verschiedenen Charakteren. Personen aller Nationalitäten und Hautfarben. Sie sprechen viele Sprachen, haben eine andere Kultur oder Religion. Wir erleben reiche Menschen ohne Anstand oder völlig Verarmte die glücklich sind und uns mit einer unglaublichen Freundlichkeit entgegenkommen. Manchmal natürlich auch umgekehrt. Manchmal. Es ist schwer, einen Sinn für Gerechtigkeit zu entwickeln, je mehr sich die Welt offenbart. Jedes Volk hat sein eigenes kleines Universum und das ist auch gut so. Ich komme oft an meine Grenzen wenn ich helfen möchte und dann überlege, welche Hilfe sinnvoll erscheint.

Ich denke da an einen alten Mann im Rollstuhl. Er saß mitten in der Stadt von Havanna. Ohne Beine und ohne Luft in seinen Reifen. Es gab keine Möglichkeit für ihn, sich fortzubewegen. Hunderte von Menschen liefen an ihm vorbei ohne ihn eines Blickes zu würdigen. Er war sehr schmutzig und hatte keine Zähne mehr im Mund. Aber er lächelte. Und wartete. Bis ihn irgendjemand weiter die Straße hinunter schob. Es muss doch jemanden geben, der eine Luftpumpe besitzt. Das war mein naiver Gedanke. Nein. Es gibt niemanden, der eine Luftpumpe besitzt. Ich fragte ihn wohin und schob ihn ein paar Straßen weiter. Dort wollte er einfach stehenbleiben. Ich legte ihm noch etwas Geld auf die Stummelbeine und ging weiter durch die Stadt. Später auf meinem Rückweg zum

Hotel traf ich ihn wieder. Er saß an einer anderen Stelle als zuvor und aß ein Stück Brot, das ihm jemand gegeben haben musste. Eine Kubanerin ging an ihm vorbei, sah den alten Mann an und schob ihn ein Stück weiter. Er lächelte immer noch.

Dieser Mann wird nicht einfach vergessen oder missachtet. Die Menschen um ihn herum kümmern sich. Auch wenn sie bettelarm sind, haben sie vielleicht etwas, das vielen von uns fehlt. Nächstenliebe.

Der menschliche Charakter ist so facettenreich wie die Vielzahl der verschiedenen Haar- und Hautfarben. Eine sehr ungünstige Konstellation meiner Erfahrung nach ist arm und wenig empathisch. Mag sein, dass die Lebensumstände ein gewisses Verhalten begünstigen oder sogar hervorrufen. Vielleicht sind es die Gene oder eine gewisse Veranlagung. Ganz sicher ein Mix aus allem. Bei einem längeren Layover in Gambia traf ich auf solch einen Typ Mensch. Einen leprakranken jungen Mann mit furchtbar gelben Augen und zwei verkrüppelten Händen. Die Finger waren nur noch kleine Stummel, wenige Zentimeter kurz. Seine Nase sah schrecklich deformiert aus. Er lachte furchtbar laut als er Touristen hinterherlief um ihnen Geld abzunehmen. Dabei rief er immer wieder: „Soll ich Euch anstecken? Oder gebt ihr mir freiwillig Euer Geld? Habe auch noch Aids im Angebot ... wo soll ich euch beißen?"

Kreischend liefen die Leute von ihm weg. Klar, kam so etwas wie die Polizei und nahm den armen kranken Kerl fest. Vorher nahmen sie ihm natürlich das ergaunerte Geld ab und steckten es in ihre eigene Tasche.

Wochen später hatte ich einen Flug nach Florida. Wunderschöne 4 Tage frei und strahlender Sonnenschein. Ich mietete mir ein kleines Moped und cruiste die Küste entlang. Traumhafte Strände und ein endloser Blick aufs Meer begleiteten mich ein ganzes Stück. Bis mein Moped streikte. Der Motor ging einfach aus und da stand ich – mutterseelenallein – ohne Handy. Ohne dieses Ding ist man ja heutzutage ein halber Mensch. Googeln, anrufen, whatsappen – nix konnte ich. Ich setzte mich auf einen Felsvorsprung und überlegte. 2 Stunden. Mir fiel noch immer nichts ein. Außer zu laufen und Hilfe zu holen. Gerade wollte ich lostiefeln als ein Auto hielt. Ein älterer Herr mit silbergrauem Haar holte seinen Werkzeugkoffer aus dem Auto und zerlegte mein kleines Moped in tausend kleine Einzelteile. Er hatte sichtlich Spaß daran. Den kompletten Motor nahm er auseinander und legte ihn feinsäuberlich auf den Weg. Der Herr sprach nicht allzu viel. Er hätte vielleicht gekonnt, wenn ich ihm Gelegenheit dazu gegeben hätte. Aber vor lauter Aufregung nie mehr nach Hause zu kommen und vielleicht auch davor, der Moped Vermietung bloß noch Puzzleteile auf den Tresen legen zu können, weil wir (gut, er) die Kiste nicht mehr zusammengeschraubt bekommen, redete ich viel.

Auf jeden Fall sprach er Englisch. Daran konnte ich mich später noch erinnern. My pleasure. Sagte er nämlich später, nachdem ich mich bedankt hatte. Der arme Kerl hatte kohlrabenschwarze Finger vom Öl. Und sein scheinbar teures, hellblaues Hemd war über und über mit Schmiere versaut. Ich wollte ihm Geld geben, aber er lachte nur. Es hätte ihm echt Spaß gemacht. Sagte er nur, nachdem er tatsächlich alle Einzelteile wieder zu einem Moped geschraubt hatte und das Ding wieder fuhr. Dieser Mann war mein Held des Tages. Ich prägte mir sein Gesicht gut ein.

Daher erkannte ich es auch sofort wieder, als ich ihn in einer Bar sah, in der die ganze Crew an einem anderen Abend einkehrte.

„Guck mal da drüben.", sagte ich zu meinem Copiloten.

„Das ist der Typ, der mir mein Moped repariert hat!"

Ich hatte meiner Crew mein Missgeschick erzählt. Jeder wusste Bescheid.

„Den kenne ich!", sagte mein Kapitän.

„Der Kerl ist Millionenschwer! Er ist mal mit uns als Passagier unterwegs gewesen. Dabei hat er die ganze Crew auf seine Jacht eingeladen mit allem Pi-papo! Dieses Ding hat ein Vermögen gekostet. Und wir mussten nichts bezahlen. Er war unglaublich freundlich!"

Wahrhaftig. Unglaublich.

Nicht überrascht sind wir jedoch, wenn wir auf eine Spezies treffen die reich und wenig menschenlieb ist. Fast schon setzen wir diesen Charakter voraus. Diese Menschen haben doch alles, was sie brauchen. Warum sollten sie sich dann noch bemühen, freundlich zu sein. Ihr gegenüber ist doch sowieso jeder höflich und zuvorkommend in der Annahme, er würde ein Stückchen vom Kuchen abbekommen. Die Reichen bezahlen für entgegenkommendes Verhalten. Sie brauchen sich nicht dafür anstrengen. Ich sehe das etwas anders. Manche von ihnen tuen mir sogar furchtbar leid. Wäre ich eine reiche Frau, wäre ich mir nicht mehr sicher, welches Verhalten meiner Mitmenschen darauf beruht, wie viel Geld ich habe oder welche Charaktereigenschaft. Eine echte Zuneigung stellt sich in diesem Fall schnell in Frage. Das zählt nicht zum Glück. Aber wir Flieger sind nicht reich. Und wenn, würden wir es niemandem sagen. Und natürlich weiterhin arbeiten. Weil wir es gerne tun ;)

Als Chefstewardess sowieso. Wir genießen unser Dasein in vollen Zügen. Oder Flugzeugen. An unseren freien Tagen neigen wir dazu unser Privatleben zu perfektionieren wie den Ablauf im Flugzeug. Unsere Kinder müssen sich an den Türen und Fenstern positionieren, um sie im Notfall öffnen zu können, die Familie muss am Tisch sitzen und nicht die Gänge verstopfen, bevor wir Mütter das Essen servieren und am Ende des Tages muss die Bude aufgeräumt und sauber sein, bevor sie dem nächsten Tag übergeben werden kann.

Leider ist auch die Pünktlichkeit ein Problem für unsere nichtfliegenden Freunde und Bekannte. Pick up Zeit ist Abfahrtzeit. Das möchten wir bitte auch bei einer Verabredung so geregelt bekommen, wenn wir ins Kino fahren oder einen Stadtbummel machen. Nach 5 Minuten werden wir nervös und überlegen uns eine notwendige Konsequenz für den bösen Zu-spät-Kommer. Da hätten wir einen Report im Angebot als Androhung einer Kündigung der Freundschaft, sollte dies noch einmal vorkommen, oder aber wir fahren ohne ihn und rufen einen Stand-by – ähm – eine andere Freundin an, die vielleicht einspringen könnte. Aber das natürlich erst nach 10 Minuten Verspätung.

Briefing machen wir jedoch keines. Das wäre vielleicht ein wenig übertrieben.

Es reicht eigentlich schon aus, dass wir beim Kochen in der Küche breitbeinig vor dem Herd stehen, falls Turbulenzen eintreten und die Türen der Küchentüren ordentlich verschlossen halten, damit nichts herausfällt. Aber schließlich wird bei mir zu Hause kein Tisch nach oben geklappt oder Sitzlehnen verstellt. Ich habe auch keine Gurte an den Küchenstühlen und selbstverständlich auch keine Toiletten-Falt-Türe.

Klar, habe ich mich schon öfter mit „Eins-Links" am Telefon gemeldet. Aber meistens kommt ein „…und rechts … und chachacha …" vom Anrufer zurück, wenn er mit dieser Problematik vertraut ist und alles ist wieder gut.

Ich habe von Flugbegleitern gehört, die ausrangierte Flugzeugsitze in ihrem Wohnzimmer stehen haben. Manche sind sogar mit Schwimmwesten ausgestattet. Wenn mal die Badewanne überläuft, könnten sie durchaus hilfreich sein. Auch Trolleys habe ich schon in

Wohnungen stehen sehen. Diese schmalen Wagen, in denen wir die Essen und Getränke transportieren, die im Flugzeug ausgegeben werden. Die sind unglaublich schwer und unglaublich hässlich. Warum jemand einen solchen Trolley zu Hause haben möchte, ist mir schleierhaft. Wohlmöglich haben sie darin ihre Mahlzeiten deponiert und essen sie dann mit Plastikbesteck. Aber so unterschiedlich sind die Geschmäcker.

Sorgen mache ich mir erst, wenn mir ein befreundeter Kollege zu Hause die Türe öffnet und in Uniform vor mir steht. Ich denke, wenn er privat Uniform trägt, dann wird es Zeit für ihn, mit dem Fliegen endgültig aufzuhören.

Den meisten Fliegern fällt es sehr schwer, wenn sie nicht mehr arbeiten dürfen. Sei es aus Altersgründen oder aufgrund einer Fluguntauglichkeit, oder aber weil sie durch eine Prüfung gefallen sind. Dieses Fliegerleben lässt sich schwer vergleichen mit anderen Berufen. Ständig wechselnde Arbeitskollegen, mehr Nächte in Hotels als zu Hause zu verbringen, Zeit und Klimaunterschiede und schließlich auch dieser häufige Kontakt zu vielen fremden Menschen. An einem Tag begrüßen und verabschieden wir manchmal bis zu 550 Passagiere auf hin und Rückflug. Dann arbeiten wir unter Zeitdruck, haben präzise vorgegebene Arbeitsabläufe. Sind wir dann längere Zeit, oder sogar für immer zu Hause und müssen uns selbst organisieren, gibt es ein Problem. Jeden Tag um die gleiche Uhrzeit aufstehen und keine richtige Aufgabe haben, nicht mehr todmüde ins Bett fallen zu müssen nach einem 25 Stunden Tag, sich nur um sich selbst zu kümmern und nicht ums Cockpit, die Kollegen und die Passagiere... Ist schon eine gravierende Veränderung. Manche Kapitäne leiden darunter, ihre extrem hohe Verantwortung an den Nagel hängen zu müssen, daran sind sogar schon Ehen gescheitert. Vielleicht haben die bösen Ehefrauen die Anweisungen des Göttergatten in Rente nicht befolgt oder den Kaffee in Keramik anstatt in einem Pappbecher serviert. Ich weiß es nicht genau. Aber vorzustellen wäre es. Ihnen fehlt es an Anerkennung. Den Pursern und Flugbegleitern wird es nicht anders gehen.

Ich bin mir nicht sicher. Noch darf ich ein wenig weiter fliegen. Aber wenn Purser in Rente gehen, müssen vielleicht auch manche Familienmitglieder darunter leiden. Ich habe von Sprechanlagen im Haus gehört über die Briefings angeordnet werden, wenn es etwas zu besprechen gibt. Kein Witz. Und natürlich der streng getragene Dutt und die perfekte Maniküre werden gerne auch im

Ruhestand getragen. So ist man es schließlich gewöhnt. Von gescheiterten Ehen habe ich jedoch noch nichts gehört. Ganz sicher genießen die Ehepartner die neu gewonnene Aufmerksamkeit mit sämtlich dazugehörenden Annehmlichkeiten. Ist dies nicht der Fall und regen sie sich furchtbar auf, dass die Frau nun jeden Tag zu Hause ist, bekommen sie auch noch Sauerstoff gereicht, werden bequem gelagert und mit Kissen und Decken ab gepolstert. Sind es männliche Purser die nach einer langen Fliegerkarriere zu Hause sind, sieht die Geschichte vielleicht anders aus. Ich stelle mir vor, dass die Ehefrauen es gar nicht so gerne haben, wenn ihnen ab sofort ein Partner zur Seite steht, der das Zepter in genau den Bereichen zu schwingen vorhat, die sie bisher innehatten. Die Küche zu Hause ist zwar meist etwas größer als die im Flugzeug und auch haben die meisten

Töpfe zwei Griffe, sodass jeder einen halten könnte, aber bei einer Pfanne wird es dann schon schwieriger. Kritzelt der Ex-Purser dann auch noch seinen Namen auf die Trinkbecher, wird es sicher den Ehefrauen zu bunt.

Aber wie könnte präventiv dagegen vorgegangen werden?

KK

Ich denke da an ein kleines Baumhaus mit einer Art Flugzeugtreppe, die abgezogen werden kann. Das Baumhaus stellt dann einfach die Galley dar (so nennt man eine Flugzeugküche) und wenn der Ehemann alias Ex-Purser zu sehr in seine alten Gewohnheiten verfällt, kann man diese einfach abziehen…

In seiner Küche kann er dann bestücken, verzurren, Galleypowerknöpfe drücken oder auch mal einen Cappuccino herrichten, indem er mit einer kleinen, leeren Plastikflasche Milch im Wasserbad erhitzt um sie dann schaumig zu schütteln. Am Ende des Tages ist er glücklich und die Frau hat ihre Ruhe.

Ich weiß. Das sind alles böse Verleumdungen. In anderen Berufsgruppen geht es sicher ähnlich zu. Wenn ich mir vorstelle, dass ein Gabelstaplerfahrer in Rente geht….

Oder eine Pathologin…

Lassen wir das Thema Rente einmal ruhen. Ich bin blutjung und habe noch eine lange Fliegerzeit vor mir…

Ich befürchte dass dieser Gedanke auch einer älteren Passagöse durch den Kopf ging, als sie einen Flug mit uns buchte. Leider war sie bereits 99 Jahre alt. Diese Tatsache stimmte so ganz und gar nicht mit ihrer Selbsteinschätzung überein. Auf diesem Flug nach Florida hatte ich nur einen einzigen Gast in der Business

Class. Diese alte Dame. Ich schickte alle Flugbegleiter in die Economy Class um dort bei der Arbeit zu helfen und kümmerte mich um meinen Gast. Die Bezeichnung Dame passte sehr gut. Sie war außerordentlich gut gekleidet. Ihre Frisur saß tadellos. Ihr Make-up erinnerte an Heidi Klums Topmodel und High Heels durften natürlich auch nicht fehlen. Naja, die Dame wurde in einem Rollstuhl an Bord gebracht, musste also nicht in diesen Dingern laufen. Ging sie auf die Toilette, zog sie sich hautfarbene Gesundheitsschühchen an und ging an einem Stock.

Ich setzte mich neben sie als sie mich darum bat. Ihre Stimme war sehr leise und sie sprach deutsch und englisch vermischt in einem Satz, aber ich verstand sie gut. Den ganzen Flug über erzählte sie mir aus ihrem Leben. Als Jüdin sei sie damals aus Deutschland geflohen und seit einigen Jahren würde sie mehrmals jährlich zwischen Deutschland und Amerika hin und her fliegen. Schon lange plage sie der Krebs aber wo sie sterben müsse, wäre ihr egal.

Bitte nicht hier und jetzt dachte ich bloß.

Sie war eine meiner freundlichsten Passagiere, die ich je befördert hatte. Lächelte immerzu und erzählte unglaublich viele Witze. Ihr Leben war eine Tortur gewesen und trotzdem konnte ihr niemand den Lebensmut und die Freude an den kleinen Dingen im Leben miesreden. Mit dieser Einstellung habe sie viel Schmerz und Leid ertragen können, sagte sie.

Ich erhielt Wochen nach diesem Flug eine Postkarte bei mir zu Hause. Sie schickte mir Grüße aus Florida und bedankte sich für unser nettes Gespräch.

Diese Dame hatte einen enormen Eindruck auf mich hinterlassen. Sie erzählte mir Dinge, die ich nicht weitererzählen möchte. Ihre gesamte Erscheinung, ihre Bescheidenheit und Freundlichkeit weckte in mir eine Demut die mich mein ganzes Leben begleiten wird.

Eigentlich wäre diese Anekdote ein wunderbarer Abschluss dieses Buches, jedoch ist mir gerade noch etwas eingefallen, das ich noch schnell erzählen möchte.

Wie im Vorfeld erwähnt, habe ich dieser alten Frau aus Florida über Stunden hinweg zugehört. Dabei erwähnte sie einen Satz der eigentlich sehr lustig geklungen hat. Sie sagte: „Menschen sind die animals des Universums mit dem Verstand eines Ostrichs, Augen eines Maulwurfs, seine Ears of an Earthworm and a Maul of an großen Tiger! Aber die real animals, die haben Geist wie eine weise Indianer, Augen von Eule, Ohren von Wolf and a soft Maul of a Kittycat! Wem Du Trust schenkst, you decide!"

Genau eine Woche nach diesem eindrucksvollen Gespräch verbrachte ich eine unruhige Nacht in einem Hotel in Kenia. Es war furchtbar heiß, die Klimaanlage funktionierte nicht richtig. Also ließ ich die Balkontüre geöffnet. Schließlich lag mein Zimmer im 2. Stockwerk. Niemand könnte dort einsteigen, sollte er nicht extreme Kletterfähigkeiten besitzen.

Auf dem Tisch stand noch ein großer Teller mit frischem Obst. Das ganze Zimmer duftete danach.

KK

Ich schlief für kurze Zeit ein. Als ich wieder einmal wach wurde, saß ein kleines Äffchen auf meiner strahlend weißen Bettdecke. Direkt auf meinem Bauch! In der rechten Hand einen Apfel, in der linken Hand eine Banane und ein kleines Stückchen Mango in seinem Mund.

Ich erstarrte vor Schreck. Blitzschnell schossen mir die Warnungen in den Kopf bezüglich Kontakts zu den heimischen Primaten. Hepatitis konnten sie übertragen. Seine Zähne waren unverhältnismäßig groß und spitz, selbst sein Urin könnte unangenehme Hautreizungen hervorrufen, würde er mich hier in meinem Bett anpinkeln! Horrorgeschichten die mich dazu brachten, mich bloß nicht zu bewegen. Ich glaube, der kleine Kerl war fasziniert von so viel Weiß in meinen Augen. Er blickte mich unentwegt an.

Dann dachte ich an den Satz der alten Dame. Ich entspannte mich schnell und wartete ab. Es geschah etwas Unglaubliches. Das Äffchen setzte sich auf seinen Po und aß seine Mango fertig. Dann schaute er in seine rechte Hand. Danach auf seine linke Hand.

Ein Gänsehautschauer lief über meinen Rücken und dann hatte ich Pipi in den Augen.

Nein, nicht von dem Äffchen …

Ich musste weinen! Ja! Er reichte mir den Apfel aus seiner rechten Hand! Vorsichtig nahm ich ihn entgegen. Dann schälte er seine Banane. Klar dachte ich, wenn er mit dem Ding fertig ist, grabscht er sich den Apfel wieder. Aber nein, er aß die Banane auf, legte die Schale auf mein Bett und sprang wie der Blitz auf den Balkon und von dort aus in einen Baum.

Wie einbetoniert lag ich da und konnte es nicht fassen. Es war ein tolles Erlebnis.

Ich könnte noch ewig Geschichten erzählen, die unser Beruf so mit sich bringt.

Aber nun sind wir On-Blocks und meine Ruhezeit beginnt.

Klären wir noch schnell zwei Fragen: Nein, Purserette ist kein Schokoriegel und – Ja – Spidervein heißt Krampfader!

Always happy landings!

Ihre Jaqueline Claudette Spiderveins